W0473070

Le Dernier festin des vaincus

Du même auteur

Orages (Taurnada Éd., 2016)
L'Impasse (Taurnada Éd., 2017)
De la terre dans la bouche (Taurnada Éd., 2018)
Mon ombre assassine (Taurnada Éd., 2019)
La Peine du bourreau (Taurnada Éd., 2020)
Les Eaux noires (Taurnada Éd., 2021)
Il était une fois la guerre (Taurnada Éd., 2022)

Site de l'auteur

https://www.estelletharreau.com/

Estelle Tharreau

Le Dernier festin des vaincus

Taurnada Éditions

Avertissement

Les opinions exprimées par les personnages de ce roman leur appartiennent, elles ne sont nullement le reflet de celles de l'auteur. Ce texte est une fiction, toute ressemblance avec des personnes ou des organismes existants relèverait de la pure coïncidence.

Image couverture : © Shutterstock / Zdena Venclik

Le Code de la propriété intellectuelle n'autorisant, aux termes de l'article L. 122-5, 2e et 3e a, d'une part, que les « copies ou reproductions strictement réservées à l'usage privé du copiste et non destinées à une utilisation collective » et, d'autre part, que les analyses et les courtes citations dans un but d'exemple ou d'illustration, « toute représentation ou reproduction intégrale ou partielle faite sans le consentement de l'auteur ou de ses ayants droit ou ayants cause est illicite » (art. L. 122-4). Cette représentation ou reproduction, par quelque procédé que ce soit, constituerait donc une contrefaçon sanctionnée par les articles L. 335-2 et suivants du Code de la propriété intellectuelle.

© 2023, Taurnada Éditions

ISBN : 978-2-37258-125-7

ISSN : 2276-0717

AVANT-PROPOS

Au Canada, une autochtone a dix fois plus de risque de se faire assassiner qu'une autre femme.

Selon le rapport de la Gendarmerie royale du Canada datant de 2014, 1181 femmes autochtones ont disparu ou ont été assassinées entre 1980 et 2012. Rapporté au pourcentage de la population, ce chiffre équivaut à 55 000 Françaises. 365 cas restent non résolus.

En 2019, l'enquête nationale réalisée sur ce sujet publiait son rapport final. La commissaire en chef, Marion Buller, déclarait : « Malgré leurs circonstances et leurs milieux différents, toutes les femmes et les filles disparues et assassinées ont en commun un contexte de marginalisation économique, sociale et politique, de racisme et de misogynie qui, malheureusement, est bien ancré dans la société canadienne. »

PROLOGUE

Comme une goutte d'eau éclatant en dizaines de particules, le troupeau de caribous se dispersa au son des fusils qui ponctuaient le décompte final du dernier jour de l'année. En ce soir de réveillon, partout, les voix des hommes scandèrent les dernières secondes ; de la cabane de chasseurs en bordure du lac gelé d'où le troupeau s'enfuyait jusqu'à la ville forestière de Pointe-Cartier et à la réserve indienne de Meshkanau.

*

Naomi Shehaan l'avait vu. Elle avait senti sa présence aussi fortement que lorsqu'il collait sa peau contre la sienne. Elle avait éprouvé les mêmes sensations de terreur et de dégoût malgré les mètres qui les séparaient dans la salle des fêtes où la communauté innue[1] festoyait. Mais à l'instant où le troupeau de caribous se débanda sur le lac et que les voix exultèrent, une traînée de son sang scarifia son visage.

Elle ne ralentit pas. Elle poursuivit sa fuite sur cette route qui balafrait la forêt entre la réserve et la ville de Pointe-Cartier.

---

1 Les Innus sont un peuple autochtone vivant dans les régions subarctiques et boréales du Québec et du Labrador.

Seule, dans le silence de l'hiver, quand les rares traces de vie étaient étouffées par la neige.

Seule, dans le froid glacial et la noirceur de la nuit où agonisait un dernier quartier de lune.

*

Dans l'affolement, le jeune mâle caribou avait pris une mauvaise direction. Il n'avait pas retrouvé son troupeau qui n'avait pas pu l'attendre. Malgré l'abondance de ces sous-bois, rares étaient ceux de son espèce qui s'y aventuraient, car ils craignaient moins les crocs des loups que les fusils des hommes. Il flaira l'air glacial. Il gratta un peu la couche de neige devenue trop épaisse pour atteindre les lichens. Désormais seul, il devrait se contenter de ceux accrochés sur les troncs au risque d'avancer trop près des cabanes de chasse des hommes.

Soudain, il se figea. Dans ses yeux obscurs et brillants se reflétèrent des lumières. Ses oreilles frétillèrent au son des moteurs. Ses nasaux soufflèrent bruyamment, incommodés par les effluves d'essence. Des hommes poussèrent des cris stridents avant de disparaître dans de gros 4 × 4 qui empuantissaient l'air. Les véhicules roulèrent et disparurent un par un dans la nuit jusqu'à ce que le calme revînt tout comme la noirceur du ciel et l'odeur du lichen dans le froid polaire.

*

À présent, Naomi gisait au milieu du vaste lac gelé. Les os rompus, elle n'avait plus la force de se traîner. Son corps avait creusé un long sillon qu'allait bientôt combler la neige qui s'abattait en rafales.

Elle entendit un piétinement et un grognement qui se rapprochaient. La moindre respiration lui brûlait la poitrine et faisait couler son sang au coin de ses lèvres. Sur sa joue, elle sentit le velours des cors et le souffle chaud du jeune mâle caribou. L'animal vénéré par son peuple venait à elle comme dans un rêve, comme dans les récits qui avaient forgé les croyances de ses ancêtres.

Mais, rapidement, il s'éloigna, bien avant qu'elle n'entendît le claquement métallique d'un fusil qu'on arme. Elle vit des semelles de bottes. Ses ongles s'y plantèrent, s'y accrochèrent pour implorer pitié.

Le caribou avait reculé, mais n'était pas parti. Il faisait face à l'humain dressé au milieu de cette vaste étendue blanche sous un ciel d'encre.

Tandis que la neige commençait à recouvrir le corps supplicié de Naomi, le visage de l'homme se grava dans les yeux noirs et fixes de l'animal.

PREMIÈRE PARTIE

LA DISPARITION

1

La capitale était semblable à tant d'autres grandes villes ; hérissée de tours en béton, chic et historique pour les plus fortunés, standard et morne pour la majorité, décrépite et glauque pour les indésirables.

Loin de leur terre sauvage et esseulée du Nord, Philippe Murdock et William Lemay cheminaient côte à côte dans les rues agitées où chacun se pressait sans se voir dans le froid glacial. Silencieux, ils s'éloignaient de leur hôtel. Ils avaient été surpris par cette invitation à passer un réveillon prestigieux avec quelques ministres. Ils avaient vite déchanté lorsque l'un d'entre eux leur avait murmuré qu'il confirmerait, dès le lendemain, le lancement d'un projet qui allait bouleverser la vie de la réserve indienne de Meshkanau, dont Murdock était chef de bande[1], et de la ville de Pointe-Cartier dans laquelle Lemay était maire.

Deux chefs pour un programme économique emblématique : une scierie gigantesque desservie par une autoroute. Le bois de construction et les granules étaient

---

1 Les conseils de bande sont composés d'un chef et de conseillers élus par les membres de la communauté. Ils sont responsables de la santé, de l'éducation, de la culture, de l'habitation, de l'emploi, de la justice, de l'environnement, de la police, de l'aide sociale et du développement économique. Seuls les chefs de bande sont reconnus par la loi contrairement aux chefs héréditaires issus des familles dirigeantes traditionnelles.

en plein essor depuis que le business du bio promettait d'absoudre la mauvaise conscience écologique des citoyens. Un tel projet se vendait d'autant mieux si l'on ne s'appesantissait pas sur la réalité des modes de production et qu'on employait le bon vocabulaire politique : emploi social et désenclavement des minorités, préservation et valorisation des territoires naturels, label indépendant, normes contraignantes et contrôles drastiques.

Les deux hommes avaient le visage fermé et une impression de gueule de bois, eux qui n'avaient plus eu le cœur à boire à partir du moment où ce ministre leur avait asséné le coup de grâce. Chacun savait les remous qui allaient agiter leurs communautés respectives et rouvrir les plaies entre elles.

Avant de se rendre à l'aéroport pour entamer leur long voyage de retour, ils s'arrêtèrent dans un bar à la modernité douteuse, mélange d'exotisme européen fantasmé et de mise en scène démesurée anglo-saxonne. Ils s'attablèrent dans un recoin, à l'écart de l'alignement de tabourets hauts qui envahissait le centre de l'établissement. Ils commandèrent deux cafés. Lemay regarda sa montre en soupirant :

« Ils vont annoncer ça et, nous, on sera encore dans l'avion. Putain ! Ils ne pouvaient pas attendre ? »

Murdock resta silencieux, ses grands yeux noirs en amande posés sereinement sur la chevelure courte et argentée de Lemay.

« Ils nous ont piégés avec cette invitation. Ça va se savoir… Ça se sait déjà et les gens vont croire qu'on est allés donner notre bénédiction… Pire ! Qu'ils nous ont achetés. En plus, nous, on a moins à gagner que vous dans cette affaire. Ça va encore raviver les tensions entre les Blancs et les Indiens. »

Les yeux de Murdock s'arrêtèrent sur ceux de Lemay ; son visage rond ceint d'une longue chevelure noire nouée à l'arrière de la nuque trahissait une désapprobation étouffée.

« Oh, merde, Phil ! On ne va pas jouer sur les mots entre nous ; Indiens, natifs, autochtones, Blancs, non-autochtones. Des mots pour dire la même chose à des époques différentes, mais ça ne change rien au fond. La seule chose qu'on va retenir, chez moi, c'est qu'on n'accorde pas autant de perspectives d'emplois et de compensations financières qu'aux autochtones. »

Les cafés arrivèrent devant eux. Murdock attendit que Lemay boive les premières gorgées et s'apaise pour lancer de sa voix chaude et posée :

« Ne crois pas que tout se passera tranquillement chez nous, non plus. Le chantage à l'emploi et aux compensations financières, on nous le sert depuis des décennies et, malgré tout, on continue à s'enfoncer dans un gouffre. Les radicaux sont en passe de devenir majoritaires dans la réserve. Alors, à la moindre étincelle…

– Je sais, Phil… Je sais. Mais tu as toujours su les contenir.

– Plus maintenant. Avant, seuls les anciens ne reconnaissaient pas ma légitimité. On n'avait jamais élu personne chez les Innus. La communauté choisissait un homme pour son expérience et les décisions étaient collégiales. Un temps, ils ont cru qu'élire un chef de bande comme un maire chez toi, un type qui avait fait des études avec les Blancs, était une solution. Mais, ça n'a rien changé que ce soit un ancien ou un type comme moi qui parle avec vous. Et moi, j'ai le cul entre deux chaises. Je suis contesté. Je suis plus illégitime que jamais pour parler aux miens et leur faire entendre raison. Alors quand je te dis qu'à la moindre étincelle…

– Tu n'aurais jamais dû en parler devant le ministre. T'as entendu ce qu'il t'a dit sans prendre de gants ?

– Quoi ? Qu'au moindre problème, le projet se ferait, mais que les compensations ne seraient plus négociables et bien en dessous de la première offre. Mais c'est comme d'habitude. »

De nouveau, le silence se fit entre les deux hommes accablés par les mêmes soucis. Lemay sortit son téléphone et scruta la déclaration dans les fils d'actualités. Il ne faisait aucun doute que le projet ne serait pas annoncé en grande pompe pour ne pas affoler les écologistes et les autochtones, mais il était certain que l'information parviendrait bien avant eux dans leur no man's land paumé du Nord. Lemay recommença à s'agiter :

« Enfin, c'est pas encore fait. Il reste l'étude d'impact environnementale. C'est incontournable…

– Son existence est incontournable, répliqua posément Murdock. Mais son résultat est couru d'avance. Le gouvernement désigne les spécialistes "indépendants" et alloue les fonds. Comme d'habitude : juge et partie. Tu le sais très bien. On ne va pas se mentir. Je ne suis pas un de tes électeurs… »

Lemay étendit ses longues jambes sous la table en soufflant avec fatalisme :

« Ouais… Tout sera O.K. avec des équipements modernes vendus par des firmes dont les dirigeants sont des habitués des couloirs ministériels et avec des contrôles stricts faits par les fonctionnaires de ce même gouvernement.

– Et c'est pour ça que plus personne n'y croit chez moi, dans la réserve. Ce projet va être vu comme la fin du peu d'activités traditionnelles qu'il nous reste. On ne va plus pouvoir pêcher bien longtemps dans des lacs saturés des boues des bois de flottage et des zones de stockage des grumes. On ne va plus rien chasser si aucun animal ne peut boire dans ces lacs. Pour nous, le territoire n'est pas seulement un moyen de subsistance. C'est aussi un lieu sacré.

– Je sais, Phil. Je sais…

– Mais chez toi aussi, le projet ne va pas ravir tout le monde même si ta ville subit la crise de plein fouet. Entre tes riches notables venus de la capitale qui ne vont pas vouloir renoncer à leurs cabanons de chasse et tes administrés qui ne vont pas voir d'un bon œil l'afflux d'autochtones chez eux… La plupart des emplois seront sous-qualifiés, durs et mal payés. On sait très bien qui va les honorer.

– À nous de tenir nos troupes et d'arrondir les angles. Sinon, à la moindre étincelle, comme tu dis, fin des négociations. On perd tout, mais, vous, encore plus que nous. »

2

Le froid sortit Michèle Shehaan de sa léthargie éthylique. Faute d'avoir été alimenté, le poêle avait cessé de fonctionner. Michèle se redressa sur le canapé qu'elle avait occupé en cette fin de soirée de réveillon sans pour autant se souvenir comment elle avait rallié ce meuble sale et délabré depuis la salle communautaire de la réserve.

Encore vacillante, elle alla faire chauffer du café. Il aurait fallu remettre une bûche dans le poêle, s'habiller, descendre les quelques marches devant sa porte d'entrée, affronter le froid et avancer dans la neige qui étouffait la réserve. Elle préféra le froid de sa maison.

Naomi...

Sa fille devait encore dormir ou dessoûler elle aussi… ou avoir passé la nuit chez son petit ami.

Une graine de salaud... Comme beaucoup d'autres.

Dans la vitre, Michèle voyait le reflet de son visage d'alcoolique à l'abandon, tel un masque venu se superposer sur celui ambré et délicat de sa jeunesse. Il se détachait sur l'étendue blanche de la réserve d'où émergeaient des poteaux électriques penchés et des maisons en bois, rectangulaires, identiques, distantes les unes des autres sans rien entre elles hormis une zone immaculée que commençaient à lacérer les motoneiges que faisaient rugir des gamins lancés à toute vitesse.

L'amertume du café, le vrombissement des moteurs et les cris débridés des enfants lui rappelèrent ce dont elle avait besoin pour affronter une nouvelle journée dans ce paysage qui ne faisait fantasmer que les anciens ou les touristes qui ne le découvraient qu'en photo.

Un verre... De l'alcool...

S'enivrer pour se supporter dans cette maison rénovée à coups de subventions pour mieux cacher toutes les misères intérieures qu'elle recelait.

Elle effaça la vue de la réserve pour s'attacher à son reflet qui lui renvoyait la certitude qu'il était déjà trop tard pour se restreindre, pour ne pas céder à son addiction.

Elle vida la tasse dans l'évier sale. Elle explora les placards. Rien. Elle ouvrit la porte de la chambre de Naomi. Le lit était vide et n'avait pas été occupé. Sans succès, elle fouilla les affaires de sa fille. Plus une goutte.

Elle et son salopard de mec ont dû se servir.

Mais elle se remémora sa fille se disputant avec lui juste avant de la supplier de rentrer ou tout au moins de la raccompagner. Et puis…

Pas sûr. Pas sûr du tout que ça se soit passé comme ça.

À cette heure-là, Michèle était déjà tellement abrutie par l'alcool. De toute façon, Naomi allait finir par réapparaître comme toutes les fois où elle prenait le large.

Elle referma la porte, enfila son anorak et prit les clés de son vieux pick-up.

Pas le choix, un premier de l'An.

Seul le magasin d'Axelle serait ouvert.

Putain, aller jusqu'à Pointe-Cartier !

Prendre la route avec ce qui était tombé cette nuit-là et ce que laissait augurer le ciel blanc au-dessus d'elle…

À plus forte raison.

S'il devait neiger encore autant que la nuit du réveillon, mieux valait faire des stocks en conséquence.

Le vent glacial la gifla et l'aida à sortir de son engourdissement dû à la gueule de bois et au froid de sa maison. Elle entra dans l'habitacle : du dénuement des finitions au givre sur les parois en tôle en passant par le claquement métallique de la portière, ce véhicule n'était que ferraille. Le moteur pétarada. Une fumée noire s'éleva et elle s'élança sur la couche de neige. Elle avançait avec prudence au milieu des enfants fous sur les skidoos[1]. Elle dépassa plusieurs maisons.

« Maman, viens ! »

Naomi avait peur. Oui, peur...

Elle ralentit encore à la vue de la dernière habitation avant de rejoindre la route qui reliait la réserve à Pointe-Cartier.

« Maman, viens !

– Démerde-toi ! T'es assez grande pour coucher avec ce connard, alors t'as pas besoin de ta mère pour rentrer ! »

Et maintenant, la maison du « connard » se dressait face à elle. Elle s'arrêta sans couper le moteur. Elle sortit péniblement de la voiture pour aller taper à la porte. Elle insista. Longtemps. Il apparut, rageur et flétri malgré son jeune âge ; les prémices d'un destin tout tracé.

« Quoi ?!

– Elle est là, Naomi.

– Non !

– Elle est où ?

– Je m'en bats les…

---

1 Motoneige de marque Ski-Doo.

– C'est qui ? » fit une voix fluette.

Michèle entrevit une fille à demi vêtue qui hasarda un coup d'œil dans sa direction.

« C'est rien, dégage ! s'écria Will avant de toiser Michèle. Tu vois bien qu'elle est pas là, ta fille. »

Puis il referma brutalement après lui avoir lancé un regard mêlant méchanceté et mépris. Michèle cracha sur la porte avant de repartir en quête de boisson.

Sur la route bordée par la forêt de part et d'autre, elle repensa à la voix paniquée de Naomi.

« Maman, viens ! »

Mais, peut-être que tout cela n'était qu'un de ces nombreux délires éthyliques. Parce qu'au fond, Naomi n'avait aucune raison de paniquer dans la salle communautaire. Il n'y avait que des visages connus, des gens de la communauté.

Même si…

Enfin… Pas plus de raisons de paniquer que d'habitude.

3

Moins de deux kilomètres après la sortie de la réserve innue de Meshkanau, la forêt laissait place à la petite ville de Pointe-Cartier. En pénétrant dans la rue principale, Michèle pensa que derrière ses larges rues tracées à la règle et à l'équerre, ses vastes parkings, ses enseignes tapageuses, la ville commençait à faire écho à l'impression de vide et d'abandon de la réserve ; de nombreux magasins avaient fermé, n'offrant plus que des vitrines s'ouvrant sur des salles vides et obscures. Les rares voitures sur les parkings démesurés ne faisaient que souligner leur inutilité et les enseignes trop voyantes prenaient l'allure de racoleuses en fin de nuit.

L'âge d'or des scieries familiales était révolu et laissait ces habitants du dernier jalon avant la toundra dans un isolement géographique, économique et social toujours plus profond. Les aides et subventions de la capitale étaient des mesures cosmétiques qui n'empêchaient nullement la lèpre de la pauvreté de se répandre. Les Innus avaient été les premiers à en faire les frais. Les Blancs leur emboîtaient le pas dans la douleur.

Pointe-Cartier, passage obligé pour les Innus de la réserve vers le réseau routier menant au reste du pays. Pointe-Cartier, ville aux bâtiments massifs en ciment et en bois, sans charme et sans âme, où le touriste ne vient jamais et où l'entrepreneur ne se rend plus.

Elle dépassa l'immense parking du supermarché Walmart et du McDonald's, tous deux, points de ralliement d'une jeunesse sans perspectives et sans passions. Elle poursuivit sur cette longue rue qui menait au centre-ville, où les petits commerces vivotaient dont celui d'Axelle Saint-Pierre réputée pour son bon cœur, ses heures d'ouverture extensibles ainsi que ses cheveux teints en noir corbeau, ses tatouages et son maquillage de pin-up d'un autre temps.

Son établissement faisait partie des quelques rues « anciennes » où étaient éparpillés des bâtiments oscillant entre la demeure d'habitation et le local commercial. Le sien se distinguait par sa large façade de bardeaux blancs, percée d'étroites fenêtres à l'étage et par des baies vitrées au rez-de-chaussée derrière lesquelles brillaient des néons rouges qui annonçaient les services proposés : épicerie, chambres à louer, *diner*.

Michèle se gara dans la rue peu animée, où quelques personnes forçaient l'allure pour rentrer chez elles, tandis que d'autres restaient prostrées dans le froid sous l'effet de l'alcool ou de la drogue ; beaucoup de ces derniers faisaient partie de sa communauté. Dans l'indifférence générale, Michèle poussa la porte et fut saisie par la chaleur étouffante du lieu. Elle réprima un juron en découvrant qu'Axelle n'était pas seule.

« Bonjour, Michèle ! » lança la commerçante.

Une femme petite et ronde, dont la longue tresse noire pendait sur sa chemise rouge à gros carreaux, se retourna et lui adressa ce sourire bienveillant qu'elle ne supportait plus.

Marie Fontaine, figure de la communauté innue, animatrice de la radio de la réserve, à la manœuvre dans tous les projets impliquant les jeunes, les femmes, les aînés, œuvrant sans relâche pour le retour à la tradition. Amie d'enfance, de jeunesse et de dérive. Ancienne femme en perdition comme Michèle, mais qui avait su s'en sortir et passait désormais sa vie à aider les autres à suivre le même chemin qu'elle.

La compréhension dans le regard de Marie, son absence de jugement, sa main tendue renvoyaient paradoxalement Michèle à ses propres échecs et amplifiaient le dégoût qu'elle avait d'elle-même, comme si Marie Fontaine était une injonction à changer, à se sauver, à réussir. Michèle allait devoir acheter une grande quantité d'alcool face à son visage impassible et à son atroce silence.

« Bonjour… Tu peux me mettre comme d'habitude ? » lança Michèle sans regarder Marie.

Axelle ne posa pas de question et alla fourrer cinq bouteilles de mauvais bourbon dans un sac en papier. Pour cela aussi, Axelle était aimée : son absence de questions, sa discrétion quant aux travers de ses clients et sa délicatesse à les dissimuler dans des emballages neutres.

Marie ne fit aucune remarque sur ces achats, mais ne put s'empêcher de revenir à la charge sur le sujet qui la préoccupait depuis des mois :

« Naomi va bien ? Elle est partie tôt hier soir.

– Hum…

– Tu as eu le temps de lui parler de l'école ? »

Comme si elle ne savait pas que Michèle n'avait plus que ça pour elle : du temps.

« Hum…

– Et alors ?

– Je sais pas.

– Écoute, Michèle. Il faut que Naomi revienne à l'école. C'est une gamine qui pourrait réussir. On trouvera des solutions pour la poursuite de ses études, mais il faut qu'elle soit assidue, sinon…

– Je sais.

– Tu dois lui en reparler.

– Elle a 16 ans. Qu'est-ce que tu veux que je fasse si elle veut pas y aller ?

– Ne pas lui laisser le choix. »

Sans se mêler à la discussion, Axelle posa le sac sur le comptoir et encaissa la marchandise. Michèle se détourna et afficha un regard inquiet qui n'échappa pas aux deux femmes apercevant, de l'autre côté de la rue, la carcasse massive de Peter Shehaan, le frère de Michèle.

« Il est passé chez toi ? souffla-t-elle.

– Oui, il a pris des provisions. Il a l'air de partir à la chasse… »

4

Michèle s'était empressée de rentrer chez elle, de déchirer le sac en papier et de boire une gorgée de whisky pour calmer son mal-être, pour se donner le courage de remettre une bûche dans le poêle, qui commençait à réchauffer la pièce. La morsure de l'alcool tant attendue et si apaisante ne parvint pas à lui faire oublier la voix paniquée de sa fille, le soir du réveillon, ainsi que son malaise en apercevant Peter dans la rue principale de Pointe-Cartier.

Elle se versa un autre verre. Elle se perdit dans la contemplation des enfants toujours aussi excités sur leurs motoneiges. Elle reprit ses clés de voiture et se dirigea vers la piste qui pénétrait dans la forêt et aboutissait au lac, là où son frère habitait seul désormais.

Sous un ciel de branches alourdies par la neige, Michèle suivit les traces faites par la voiture de Peter. Comme sur des rails chaotiques, elle se laissa glisser vers l'austère cabanon de bois devant lequel trônait un tipi de toile blanche dans lequel son frère se retirait quand il voulait renouer avec les traditions du passé pour chasser les démons du présent.

Lorsqu'elle atteignit ce lieu sombre et encerclé de mélèzes, Peter Shehaan finissait de charger son équipement sur le plateau arrière de son pick-up. Cette fois, elle en était certaine, son frère partait en chasse.

Malgré son isolement et l'absence de visiteur dans sa retraite, Peter ne cilla pas, ne se détourna pas au son du moteur qui toussait sur cette piste malaisée ne pouvant mener que chez lui. Imperturbable, il poursuivit ses préparatifs avec sérénité.

Michèle se gara un peu à l'écart de la piste dans le peu d'espace qui entourait la cabane. Elle sortit et se posta près de son frère sans prononcer une parole. Ils restèrent longtemps sous la voûte sombre des arbres, lui, à charger et à arrimer, elle, à l'observer.

« Tu sais où est Naomi ? »

Il ne répondit pas. Il ne la regarda pas.

« Tu l'as vue depuis hier ? »

Seul le bruit des bottes de Peter s'enfonçant dans la neige brisait le silence entre eux.

« Tu l'as pas raccompagnée à la maison… ou ailleurs ? »

Il s'arrêta pour planter ses yeux noirs et usés par une vie de violence dans ceux de sa sœur.

« Non, et tu sais bien pourquoi.

– Je sais. T'es pas responsable de ce qui s'est passé.

– Si ! tonna Peter. Mais je ne suis pas responsable de tout. »

Un nouveau bruit de moteur s'immisça entre les branches enneigées. Michèle ferma la bouche sur des paroles qui ne se feraient jamais entendre. Une fois de plus. Comme toujours. Parce que, depuis des décennies, cette discussion, ils redoutaient de l'avoir.

Un pick-up énorme et flambant neuf déboucha à vive allure et pila devant eux. Un soixantenaire soigneusement habillé s'extirpa du véhicule avec une vélocité et une agilité qui en disait long sur la force et l'assurance de cet homme.

« Bonjour, Michèle. Bravo pour le repas ; on s'est régalés. Ça va ? Ta fille aussi ? »

Formules de pure politesse qui n'attendaient pas réellement de réponses. Un simple hochement de tête de la part de Michèle lui suffit. Il avait déjà enchaîné.

« Peter, il faut qu'on parle et vite ! »

Elle préféra s'éclipser ; Thomas Lebel l'avait déjà oubliée. Quant à son frère, il était reparti dans son monde hermétique et mutique malgré l'excitation de son nouveau visiteur.

« Peter, on a un problème et si on ne le règle pas rapidement, on ne va plus pouvoir faire machine arrière. »

Thomas Lebel était l'un des rares Blancs à s'aventurer sur le territoire de la réserve. Bien que non-résident de la région, il détenait une coquette cabane de chasse en lisière du lac, entre Meshkanau et Pointe-Cartier, dans laquelle il passait ses vacances du temps de son activité professionnelle et la majeure partie de l'année depuis son retrait des affaires. La famille Shehaan le connaissait bien ; Peter l'avait initié à la chasse et lui servait souvent de guide lorsque Thomas organisait des sorties, seul ou avec ses amis. Quant à Michèle, elle arrondissait ses maigres fins de mois en faisant quelques heures de ménage à la cabane et en préparant des repas lorsque Lebel recevait.

« Tu as vu passer la nouvelle ? Le gouvernement a confirmé la réalisation du projet de scierie et d'autoroute. »

Peter ne répondit pas et regarda partir sa sœur avec inquiétude.

« Tu sais ce que ça veut dire ? Destruction de nos territoires de chasse et expropriation de nos cabanons. Alors c'est simple : on a déjà commencé à se regrouper, mais on veut connaître la position de chacun sur le projet. »

L'attention de Peter se reporta sur l'arrimage de son équipement. Le visage fermé, il tira fortement sur une sangle.

« Est-ce qu'on peut compter sur toi, Peter ? On est dans le même camp. »

L'Innu leva son visage brun, buriné et austère vers celui, vif et autoritaire de Lebel.

« On n'est pas dans le même camp. On ne tue pas pour les mêmes raisons. Mon père m'a appris les pistes et à honorer l'animal tué qui a accepté de se donner au chasseur. Toi, tu tues pour ramener des trophées. »

Le son du portable de Lebel interrompit le silence hostile entre les deux hommes qui s'observaient avec la même détermination et méfiance quant à la violence sous-jacente de l'autre. Face à l'insistance de la sonnerie, Lebel regarda l'écran.

« Excuse-moi, c'est mon fils. Mais il va falloir en reparler très vite. »

Il grimpa dans son véhicule tandis que Peter Shehaan tirait une nouvelle sangle, à s'en faire blanchir les doigts.

5

Au cœur de la capitale enneigée, sur une sorte de U, avaient été jetés des rectangles en briques rouges, de dimensions et d'agencements variables, ceinturés de larges fenêtres gris argenté. C'était dans ce bâtiment improbable qu'étaient formés des bataillons d'universitaires dont Nathan Lebel faisait partie, cette année-là.

Fils de Thomas Lebel pour lequel le jeune homme éprouvait une profonde affection accentuée par le décès de sa mère, Nathan ne voulait plus de la vie léguée par ses ancêtres. Il comptait poursuivre ses études de droit pour faire valoir les idéaux de sa génération. Mélange louable d'ouverture, de remise en question de son héritage culturel et de sauvegarde du patrimoine naturel de son pays. Toute sa vie, son père s'était battu pour lui offrir un avenir heureux et confortable. Lui, répondait qu'il consacrerait la sienne à donner un futur plus juste et digne à tous.

Pour des raisons fort différentes, le combat du père et celui du fils se rejoignirent dans leur lutte contre l'ouverture de la scierie de Meshkanau/Pointe-Cartier. Pour l'un, ce projet représentait la destruction d'un cadre de vie acheté à prix d'or grâce à de nombreuses années de labeur et de compromission. Pour l'autre, il constituait une attaque ignoble et mortifère contre une nature et un peuple autochtone déjà tant éprouvés.

Suite à l'annonce discrète du gouvernement, le père et le fils s'étaient respectivement indignés de cette atteinte à son bien, pour Thomas, et à ses idéaux, pour Nathan. Sans réellement s'écouter, ils avaient alimenté leurs colères pour aboutir à la même conclusion : il fallait agir !

Tandis que son père identifiait les mécontents et formait ses troupes sur place, Nathan ralliait les indignés et comptait faire le « buzz » au cœur de la capitale. Au bas du bâtiment universitaire, avec quelques camarades, ils avaient planté une banderole et ils distribuaient des tracts imprimés à la hâte tandis que Nathan exposait leurs arguments ; regard et sourire enjôleurs pour les étudiantes, visage et voix déterminés de son père pour ses homologues masculins. Un petit attroupement se formait autour de lui.

« Vous savez ce que deviennent les lacs après une exploitation excessive du bois ? Savez-vous à qui profitent réellement les bénéfices financiers de ces productions qui saccagent notre patrimoine naturel commun ? »

Avec sa force tranquille, il s'insurgeait et faisait hocher la tête des étudiants qui, comme leurs parents, leurs grands-parents, leurs arrière-grands-parents avant eux, étaient convaincus que l'Homme pouvait changer, s'amender et construire un monde meilleur avant qu'il ne soit trop tard ; toujours les mêmes espoirs avant le lent désenchantement d'une vie.

Puis il leva un peu la tête et fendit doucement la petite foule laissée aux mains moins expertes d'un de ses camarades. Il l'avait souvent aperçue derrière le guichet de la bibliothèque universitaire au sein de laquelle elle travaillait. Petite brune à la peau cuivrée et aux cheveux d'encre, cette jeune autochtone tenait les autres à distance de ses yeux insondables, balayés par des paupières bridées. Discrète à en devenir presque mutique, Alice Tremblay était crainte par les étudiants avec lesquels, pourtant, elle avait très peu d'écart d'âge.

Mais un soir, elle était passée devant un bar où Nathan « décompressait » avec ses camarades. Un peu ivre, il avait eu le courage de jaillir dans la rue pour l'aborder. Il avait insisté pour la raccompagner. Sans savoir comment les événements s'étaient enchaînés, ils avaient fini par faire l'amour. Pourtant, dès le lendemain, elle lui avait opposé son habituelle froideur. Pour Nathan, Alice, cette Indienne à la beauté glaciale, représentait à la fois un rêve trop vite échappé et un symbole. L'arrivée de la collègue de la jeune femme décida Nathan à l'accoster.

« Bonjour, mesdames, les gardiennes du savoir ! » lança-t-il.

Sa remarque fit rire la plus âgée et se rembrunir la plus jeune.

« Monsieur Lebel… Que nous vaut cet abord faussement flatteur et matinal ?

– Une cause bien plus sérieuse que moi, malheureusement. »

Il avait repris son air grave en leur tendant un tract que saisit la première et qui laissa la seconde dans un immobilisme forcené. Pendant que la quadragénaire prenait connaissance du texte, Nathan baissa le bras et se sentit mal à l'aise face au regard glacial d'Alice, comme s'il était condamné avant d'avoir été jugé.

« Ah, oui ! J'ai vaguement entendu parler de ce projet.

– "Vaguement", pour l'instant, car, ici comme là-bas, les gens se mobilisent et ne vont pas laisser passer ça. C'est la provocation de trop. Ça va faire du bruit dans pas longtemps, croyez-moi et il va falloir choisir son c…

– Mais dis donc ? » le coupa la femme en se tournant vers Alice. « Meshkanau… T'es pas de là-bas ? »

Les yeux incrédules de Nathan se heurtèrent à ceux de la jeune femme. Elle ne l'avait pas lâché du regard depuis qu'il lui avait tendu ce bout de papier qu'elle avait refusé de saisir. Dans le froid polaire, Alice ne cilla pas et se dirigea sans un mot vers l'entrée de l'université.

6

Lorsqu'elle traversait les couloirs de l'université, Alice flottait dans cette ambiance douillette où les espaces étaient aménagés pour rendre facile la vie des étudiants ; équipements high-tech, petits salons de détente ou de travail, baies ouvrant sur la ville, salles de restauration, le tout baigné par une lumière douce. Un cocon de savoir, de confort et d'aisance où s'épanouissait une jeunesse rieuse à laquelle elle n'était jamais parvenue à s'intégrer pendant ses propres études.

Aujourd'hui, derrière le guichet de la bibliothèque universitaire, Alice continuait à vivre à côté de cette jeunesse dorée comme si une vitre transparente et infranchissable les séparait. Infranchissable tout comme l'était la limite de la réserve de Meshkanau, qui revenait dans sa vie au moment où elle croyait l'avoir définitivement chassée.

« T'es pas de là-bas ? »

De là-bas…

Oui, Alice était bien née dans cette réserve de désœuvrement et de misère. Elle y avait vu le jour bien avant que l'affaire de Davis Inlet[1] ne scandalise l'opinion et

---

1 En 1992, pendant que leurs parents étaient partis boire, six jeunes enfants laissés sans surveillance périssaient dans l'incendie de leur taudis. En 1993, un policier filma des enfants hystériques se droguant à l'essence. Le reportage qui s'ensuivit fit découvrir aux Canadiens les conditions de vie misérables de la réserve de Davis Inlet.

pousse le gouvernement à engager une grande politique de réhabilitation des réserves indiennes. À cette époque, elle avait poussé son premier cri au sein de cette vie indigente. Un petit tiers-monde niché dans un pays riche que ses concitoyens avaient découvert avec effroi sur leurs écrans de télévision : logement insalubre et surpeuplé, absence d'eau courante et d'électricité, enfants sales et shootés à l'essence errant en tee-shirt dans le froid polaire.

Des rues du Meshkanau de cette époque, Alice ne conservait aucun souvenir, comme si sa vie dans la réserve se résumait à cette journée où une femme blanche et souriante, mais au formalisme rigide était venue la chercher dans la maison de sa grand-mère ; trois femmes et six enfants dans deux pièces dont l'une où dormaient les neuf résidents dans des sacs de couchage à même le sol en béton, glacial en hiver quand le poêle à bois s'avérait insuffisant à réchauffer ce taudis ouvert aux quatre vents. Une maison aux murs décorés par la moisissure, les éclaboussures douteuses et les crayonnages rageurs des enfants.

Alice se souvenait de ses doigts collants de saleté et du sucre des céréales à bas prix qui faisaient très souvent office de repas. Pourquoi ce détail ? Peut-être pour éviter d'entendre les cris de sa tante tentant de faire réagir la mère d'Alice en pleine crise de descente après sa dernière dose au moment où l'assistante sociale était venue prendre la petite fille pour la placer dans une famille d'accueil :

« Alice, tu dois venir avec moi. »

La fillette n'avait pas pleuré, n'avait rien dit. Passive, de sa petite main collante et grisâtre, elle avait accroché celle de la femme blanche. Elle l'avait suivie dans la nuit froide, illuminée par les gyrophares du véhicule de police de la réserve. Elle se souvenait de sa nausée dans la chaleur étouffante de la voiture accentuée par les odeurs de plastique neuf et le roulis.

Puis une autre maison, une autre table et un repas chaud au sein d'une famille blanche. Tout ce qu'elle n'avait pas connu, tout ce qui la faisait rêver avant cette nuit-là, mais qu'elle n'aimerait plus, désormais, car cette famille et cette ville n'étaient pas les siennes, car cette face du monde ne serait jamais la sienne.

Alice revint à la réalité en entendant le rire d'un jeune homme qui se ressaisit lorsqu'il se heurta à son regard austère. Il lui opposa une moue vaguement méprisante semblable à celle qu'avaient affichée nombre de ses camarades sur les bancs de l'université.

Les yeux d'Alice se portèrent sur l'étroite cour intérieure que surplombait cette aile de la bibliothèque. Elle se revit seule comme elle l'était chaque jour à cette époque. Trop brune de peau et pas assez éduquée, dans son école perdue du Nord, pour rallier les Blancs. Trop ignorante de la langue, de la culture et des codes de ses origines pour se rassembler avec les autochtones.

Seule sur des chaises ou des bancs, elle avait passé ses études en espérant s'en sortir sans faire de bruit pour qu'enfin on ne la voie plus, qu'on l'oublie. Ne plus lire sa différence dans les yeux des autres. Ne plus être jugée. Ne plus se sentir paria en ce monde.

7

En quelques semaines, des pancartes avaient fleuri dans Pointe-Cartier et des tipis s'étaient dressés à l'entrée de la réserve ainsi que sur le futur site de la scierie. Cependant, malgré leurs efforts soutenus et répétés, Thomas Lebel et son fils, Nathan, ne parvenaient pas à attirer l'attention des médias et, par conséquent, celle de leurs concitoyens. La scierie demeurait un problème local et promettait de le rester à moins qu'un miracle ou qu'un drame ne survienne.

Un drame… Oui, peut-être. C'est tout au moins ce que pensaient Stanley Gariepy et Samuel Roy, respectivement chef de la police de la réserve et chef de la police de Pointe-Cartier. Malgré des zones d'action différentes et des populations l'étant tout autant, ils étaient très souvent amenés à collaborer, à partager des problèmes similaires du fait de la proximité entre Meshkanau et la ville.

Ce matin ne faisait pas exception. À l'annonce du projet, après les responsables politiques, ils avaient été les premiers à entrevoir les conséquences funestes de cette immense scierie sur leurs territoires et leurs concitoyens. Ils ne s'étaient pas trompés ; les fractures se dessinaient et les esprits s'échauffaient avec l'apparition des pancartes et des tipis. Après cet appel reçu trente minutes auparavant, ils comprirent que les habitants commençaient à en venir aux mains.

Roy gara sa voiture près de celle de son homologue innu, déjà arrivé sur les lieux. Il découvrit un camion en portefeuille au milieu de la route qui menait à Meshkanau et en interdisait l'accès. Il vit Gariepy, le chef de la police de la réserve, tenter de canaliser la colère des autochtones bloqués tandis que d'autres essayaient de protéger le conducteur au visage ensanglanté. À peine avait-il mis un pied sur le sol enneigé que le chauffeur se rua sur lui.

« Vous avez vu ces sauvages ! » hurla l'homme en désignant sa figure et le camion chargé de troncs d'arbre. « Ils foutent rien de leur journée et en plus ils nous empêchent de bosser !

– Hé ! Du calme ! lui intima Roy.

– Vous aussi, vous allez encore rien dire ! Ils sont intouchables ! On est juste bons à payer pour eux. »

Un Innu d'une cinquantaine d'années, petit et trapu, s'élança vers eux en vociférant :

« Il a voulu forcer le passage. Il l'a pas fait au barrage de Pointe-Cartier ! Il a failli nous écraser ! Des Indiens, on peut leur rouler dessus, tout le monde s'en fout ! On va encore dire qu'ils l'ont bien cherché.

– Oui, vous le cherchez ! Vous n'avez pas le droit d'empêcher les gens de passer et de travailler. À se demander si c'est pas au travail que vous êtes allergiques.

– C'est pas parce qu'on veut pas de vos travaux sous-payés qu'on est allergiques au travail ! »

Roy sépara les deux hommes tandis que Lebel arrivait presque en même temps que Marie Fontaine, la chef de file du retour à la tradition innue. Les deux se détestaient cordialement ce qui ne rassura pas les deux policiers. Tandis que Marie Fontaine rassemblait et calmait ses troupes, Lebel s'imposa comme un personnage incontournable en criant de sa voix ferme :

« C'est quoi ce bordel ici ?

– Reste en dehors de ça, Thomas ! répliqua Roy. Toi et Fontaine, vous chauffez les esprits depuis des semaines et voilà le résultat. Alors, ne fais pas l'étonné.

– Je ne suis pas responsable de ça. Et Fontaine, non plus.

– Vous êtes alliés, maintenant ? fit Roy, sarcastique.

– Non, mais ni l'un ni l'autre ne veut d'une scierie chez lui. Et toi non plus si j'ai bien compris ton point de vue.

– Possible, mais en attendant, certains à Pointe-Cartier aimeraient bien que l'emploi et le commerce repartent et chez eux aussi », fit-il en pointant les Innus du doigt.

« Ne me fais pas rire. On sait très bien que la scierie va surtout profiter aux Indiens et personne, à Pointe-Cartier, n'a envie de les voir déferler par bataillons entiers dans les rues. Et toi non plus !

– Ça, c'est pas tes affaires. T'es pas chez toi, ici. T'es de la capitale. Toi, t'as surtout peur qu'on rase ton précieux cabanon et qu'on te le rachète à la moitié de sa valeur actuelle.

– Cabanon que j'ai acheté depuis des décennies et que tu fréquentes assidûment. »

Marie Fontaine fit irruption tandis que le reste de ses troupes aidait le chauffeur, qui vociférait encore, à dégager le camion.

« Bonjour, messieurs.

– Bonjour », fit Roy, pendant que Lebel se contentait d'un discret signe de tête. « Je vous tiendrai le même discours qu'à Thomas. Il va falloir calmer le jeu.

– Le jeu ? Quel jeu ? Vous trouvez qu'un projet qui va détruire notre cadre de vie est un jeu ?

– Vous m'avez très bien compris. Vous non plus vous ne faites pas l'unanimité dans votre communauté. Certains aimeraient que ce projet voie le jour pour donner du travail à vos jeunes désœuvrés que je ramasse régulièrement dans les rues de ma ville.

– Et d'autres, comme moi, pensent que c'est par l'autogestion et l'autofinancement de notre communauté que ces jeunes pourront s'en sortir. Mais pour ça, nous avons besoin de revenir à nos activités traditionnelles qui impliquent un territoire naturel préservé, donc pas de scierie !

– Vous vous rendez compte que si ça dégénère, ils ne vont pas se gêner pour réduire vos précieux droits de chasse, de pêche et de piégeage. Même si, personnellement, j'en ai rien à foutre, terminé vos activités traditionnelles.

– Alors, dans ce cas, la police de Pointe-Cartier n'aura pas fini d'être dérangée de bon matin. »

Le visage serein, mais la voix ferme de Marie Fontaine tout comme le silence ayant valeur d'accord tacite de la part de Lebel ne laissaient rien augurer de bon quant à la suite des événements.

Gariepy rejoignit son homologue Roy. Ils regardèrent s'éloigner Marie Fontaine et Thomas Lebel tandis que le camion reprenait sa route.

« On va devoir marcher sur des œufs, fit Gariepy, songeur. Je connais bien Marie et je lui ai parlé ; elle ne va pas lâcher.

– Putain ! Quelle merde ! »

8

Malgré son apparente sérénité au volant, Marie Fontaine enrageait. Depuis l'échauffourée, les mots de Gariepy, le chef de la police de la réserve, ne cessaient de résonner en elle.

« Marie, je sais que tu veux bien faire, mais tu divises la communauté plus que tu ne la rassembles.

– Qu'est-ce que je dois comprendre ?

– Tu refuses de tirer un trait sur le passé. Mais ce qui nous arrive et ce qui t'est arrivé, on en est responsables aussi. On ne peut rien y changer.

– Faux !

– On ne prépare pas l'avenir en regardant constamment en arrière.

– Si ! C'est en redevenant nous-mêmes et en tirant les leçons du passé qu'on avance.

– En tirant des leçons, oui, mais pas en tentant de faire renaître une époque où on ne serait plus capables de vivre comme nos ancêtres. »

Ne rien changer...

Céder...

Laisser faire...

Non !

L'apparition soudaine de la mère de Naomi cheminant sur le bas-côté enneigé ne fit qu'augmenter sa rage contre le fatalisme qui gangrenait sa communauté. Elle stoppa sa voiture à la hauteur de cette femme à la dérive qui, malgré l'heure matinale, oscillait de manière incertaine.

« Bonjour, Michèle ! »

Le visage de cette dernière se tordit dans une grimace agacée qui fit écho à un grognement destiné à faire comprendre à Marie qu'elle n'avait ni l'envie ni la force de se lancer dans une discussion stérile avec elle.

« Naomi va bien ?

– Commence pas à me tanner avec ton école et tout l'bordel », fit-elle d'une voix vaseuse. Le visage habituellement serein de Marie se durcit comme si le trop-plein d'abandon autour d'elle entamait sa retenue.

« Non, ce n'est pas pour l'école que je te demande ça. Personne n'a revu Naomi depuis le soir du réveillon.

– Elle est partie.

– Où ?

– Elle s'est barrée, mais elle va revenir la gueule enfarinée comme d'habitude…

– Elle n'est jamais partie aussi longtemps. Tu sais combien de femmes autochtones disparaissent chaque année ? Elle est où ?

– Ça te regarde pas.

– Si ! Tout ce qui arrive dans notre communauté nous regarde tous. T'as oublié comment ça se passait avant ; tous responsables les uns des autres. »

D'un air mauvais, Michèle planta ses yeux vitreux dans ceux de Marie et ricana en lui soufflant son haleine alcoolisée à la figure.

« Et toi ? T'as oublié qui t'étais avant ? Hein ? T'es qui pour me juger ?

– Quelqu'un qui sait ce que tu vis, mais qui sait aussi qu'on peut s'en sortir. »

Le regard de Michèle se perdit loin, bien au-delà de l'étendue blanche des limites de la réserve de Meshkanau. Imperceptiblement, sa tête dodelina et ses yeux s'embuèrent. Marie la contempla en éprouvant un sentiment de honte de s'être emportée, d'avoir si vite oublié l'accablement qu'une femme peut ressentir quand elle a plongé dans le gouffre en entraînant avec elle ceux qu'elle aime. D'avoir oublié ses propres erreurs.

« Excuse-moi, Michèle. Je voudrais seulement que tu t'accroches. On peut guérir.

– Toi aussi, tu y étais… Là-bas… Tu n'en rêves plus ?

– …

– Tu ne te dégoûtes jamais ? Surtout la nuit quand tu es toute seule ou quand tu croises ceux qui y étaient aussi et qui savent.

– …

– Si, hein ? Donc t'as pas guéri et ça sert à rien de s'accrocher. Si ma fille veut pas se battre non plus, ben j'ai rien à lui dire parce que je vaux pas mieux qu'elle. »

9

En cette matinée, dans le bâtiment circulaire en bardeaux de bois multicolores planté au milieu de l'étendue blanche de Meshkanau, une lumière était allumée.

Marie Fontaine était seule dans la clarté face au micro de la radio communautaire qu'elle avait fondée et animait. Elle était à quelques minutes de son direct où elle détaillerait les informations locales et nationales, les entrecoupant de musique et d'annonces de particuliers.

Elle aurait déjà dû pousser certains boutons puisqu'elle s'occupait également de la régie, mais sa rencontre avec Michèle Shehaan peu de temps après l'incident avec le camion avait ravivé des souvenirs qu'elle croyait pouvoir maintenir à une distance raisonnable depuis sa « guérison ». Mais non, pas assez visiblement, puisqu'elle n'était déjà plus dans ce studio de radio, mais avec sa mère sur le long chemin qui les conduisait vers le pensionnat où les enfants innus devaient être scolarisés.

Sa peur ne faisait qu'augmenter face au regard maternel, lourd de souffrance et de fatalisme. Marie se tournait vers les autres enfants qui marchaient à l'abri des arbres. Michèle et Peter Shehaan se tassaient également sur eux-mêmes. Les plus grands, qui revenaient des internats pour les vacances, n'en parlaient jamais, mais leurs yeux et leurs attitudes n'étaient plus les mêmes.

Ils étaient mutiques, détachés et étrangers à leur univers communautaire. Il fallait des semaines avant qu'ils ne se retrouvent un peu, juste avant de devoir repartir vers les pensionnats avec le même visage défait que sa mère à cet instant.

Dans un silence pesant, après des dizaines de kilomètres, ils avaient enfin aperçu les hauts murs en briques rouges. Dans leur manteau traditionnel en peau finement brodé, ils avaient ralenti, la peur au ventre, enfants comme parents. Les premiers parce qu'ils pressentaient que rien de bon ne les attendait au bout de ce voyage, les autres parce qu'ils l'avaient déjà effectué et qu'ils savaient.

En s'avançant face au grand rectangle austère, Marie dut lever la tête pour apercevoir l'immense croix d'acier dont l'ombre s'étendait démesurément sur eux. Elle se sentit écrasée sous son poids. Lorsqu'elle baissa les yeux, elle vit six hautes silhouettes noires qui les attendaient dans une fixité parfaite. Seules les cornettes des quatre religieuses frissonnaient imperceptiblement sous la brise. Elles ne bougèrent pas. Les mères devaient s'avancer vers les sœurs pour leur faire l'offrande de la chair de leur chair qu'elles ne voulaient pourtant pas sacrifier à ces géants blancs aux visages hermétiques.

Marie essaya de trouver secours auprès de sa maman, qui fixait cette croix. Elle murmura son nom. Elle approcha sa main de la sienne, mais une autre la saisit avant qu'elle ne parvienne à toucher les doigts maternels. Une main froide et rugueuse qui l'entraîna vers la grande porte noire tout comme Michèle et Peter. La petite Marie eut juste le temps de voir le grand battant se refermer sur l'image de sa mère immobile, accablée par une douleur silencieuse.

C'est à ce moment précis que les premiers pleurs de cette nouvelle génération d'enfants commencèrent à se faire entendre au sein du pensionnat. La réponse fut immédiate. Ils furent conduits dans une vaste pièce où on les tondit, on les lava, on les habilla de vêtements de Blancs et on brûla devant eux leurs habits traditionnels.

Alors seulement, ils furent jugés dignes de se présenter devant le Christ en croix, dans la chapelle sombre du pensionnat. Ils rejoignirent les plus grands attendant à genoux. La voix sourde et austère du Père supérieur s'éleva dans une langue qu'ils connaissaient si peu.

Marie regardait les autres joindre leurs mains en baissant la tête. Elle les imita, eux qui avaient été si libres dans leur communauté, attentifs et immobiles sans qu'ils en soient obligés lorsque les vieux racontaient les légendes, le soir. Ces mêmes enfants devaient se statufier au milieu de cette salle lugubre et entendre des paroles qu'ils ne comprenaient pas, dans la douleur de leurs genoux meurtris par une longue immobilité sur un sol de pierre.

À côté d'elle, Peter commençait à gigoter. L'enfant fort et fier, doux et courageux, ne comprenait pas ce qu'il faisait là. Il s'impatientait et Marie avait peur, car elle remarquait que les sœurs s'approchaient d'eux. Lorsqu'elles furent à leur hauteur, Peter se leva et dit, dans sa langue, qu'il ne comprenait rien à ce que l'homme faisait. Une gifle cinglante conclut la première prière de Peter Shehaan :

« On ne doit pas honorer Dieu dans la langue des sauvages ! » gronda la sœur.

C'est ainsi que Peter, Marie et Michèle firent connaissance avec le pensionnat et le Dieu des hommes civilisés. En moins d'un an, les yeux du petit garçon, si gais quand il partait à la chasse avec les siens, devinrent froids et hostiles.

En repensant à ce regard, Marie sentit la douleur et la honte la transporter vers Michèle et sa fille disparue, fruit d'une nouvelle génération d'enfants à la dérive à l'image de leurs propres parents. Un cycle vicieux impossible à briser. Elle poussa un bouton et s'entendit annoncer :

« Bonjour à tous. Une nouvelle année commence et un drame frappe déjà notre communauté. Nous sommes sans nouvelles de Naomi Shehaan depuis la nuit du réveillon. »

10

Les nouvelles allaient vite, très vite, trop vite dans la communauté innue. Michèle Shehaan apprit le coup d'éclat radiophonique de Marie moins de quinze minutes après que cette dernière eut annoncé la disparition de Naomi. Déjà, Stanley Gariepy montait les quelques marches de sa maison. Elle lui ouvrit sans qu'il ait eu besoin de frapper.

« Salut, Michèle, fit-il en baissant son chapeau de policier, tu imagines pourquoi je suis là ?

– Elle n'a pas le droit de se mêler de la vie privée des autres ! »

Gariepy désigna d'un coup de menton le vieux canapé de Michèle.

« Je peux m'asseoir deux minutes ? »

Elle répondit par une grimace de colère contenue.

« Ça la regarde pas !

– Elle est où ta fille ?

– Pfff ! Comme d'habitude…

– Vous vous êtes disputées et elle est encore partie ?

– Hum…

– Depuis quand ?

– La nuit du réveillon.

– Donc, Marie n'a pas menti.

– Si ! explosa Michèle. Elle ne sait rien. Elle me harcèle avec Naomi. C'est pas sa fille et ça vaut mieux !

– O.K. O.K. Mais t'as appelé Naomi ?

– Pas la peine. Quand elle se barre, elle répond pas au téléphone. Elle va revenir. Je veux plus que Marie s'approche de ma famille. Tu sais très bien ce que ça a donné quand elle a…

– Et Peter ?

– Quoi, Peter ? » lança Michèle avec une méfiance teintée d'agressivité.

« Il l'a pas vue ?

– Pourquoi il l'aurait vue ?

– C'est sa nièce et il assistait au réveillon lui aussi. »

Elle détourna le regard vers l'étendue de neige et se tut.

« Tu veux faire un signalement ?

La réponse fut immédiate et implacable :

« Non.

– O.K. Comme tu voudras. Je vais quand même me renseigner au cas où…

– Pas la peine ! »

Michèle n'avait pas bougé. Gariepy se leva et se dirigea vers la sortie sans un regard pour elle. Il savait pourquoi Michèle ne voulait pas que la police s'approche de sa famille. Il pouvait comprendre certaines de ses raisons, mais pas toutes, pas à ce point-là. Même s'il savait que Naomi n'en était pas à sa première disparition, pour lui, un enfant ou un adolescent qui s'évanouissait dans ce monde pourri était un cadavre en devenir.

Il reprit sa voiture et s'apprêtait à rendre une petite visite à Will, le petit ami de Naomi, lorsque son portable sonna.

« Stan ? C'est Murdock. T'es où ?

– Je sors de chez Michèle Shehaan.

– C'était pour sa fille, je suppose ?

– Hum.

– Elle dit quoi ? C'est elle qui a demandé à Marie de faire cette annonce à la radio ?

– Non. Elle ne lui a rien demandé. Elle est même furieuse.

– La gamine a vraiment disparu ?

– Difficile à dire avec Naomi. Elle n'est plus là, ça, c'est sûr, mais pour le reste…

– Michèle va faire un signalement ?

– Non, mais, je vais quand même chercher un peu au cas o…

– Non, non. Surtout pas dans le contexte actuel. Si la mère n'est pas inquiète, alors tu laisses tomber. »

Gariepy sentit la colère monter face à l'indifférence quant au sort d'une gamine qui s'évapore du jour au lendemain dans un environnement qu'on savait si hostile et dangereux pour les adolescentes en errance.

« D'accord, la mère n'est pas inquiète, mais Naomi est quand même mineure et…

– Et quoi ? Tu dois bien te douter que Marie veut instrumentaliser cette disparition pour attirer l'attention des médias sur Meshkanau et en faire une tribune politique contre le projet de scierie et tout le reste. Alors, ne rentre pas dans son jeu. »

*

Tandis que Gariepy repartait de la maison de Michèle, Murdock, le chef de la réserve, se dirigeait à vive allure vers la station de radio communautaire. De la baie vitrée, Marie Fontaine le vit se ruer vers la porte d'entrée. Elle annonça une pause musicale dans les programmes puis elle sortit le rejoindre.

« Bonjour, Phil.

– Qu'est-ce qui t'a pris de balancer ça sans l'accord de la mère ?

– Je l'ai fait parce que Michèle ne me le donnera jamais. Comme toi, elle préfère ignorer les problèmes et laisser couler. Je vais faire un signalement de disparition à sa place. »

Murdock la fixa avec mépris avant de lancer d'un ton menaçant :

« C'est bien ce que je pensais. Tu veux une tribune médiatique pour ton combat politique.

– Non. Je ne suis pas comme toi.

– En effet, je n'oserais jamais instrumentaliser la disparition d'une gamine pour satisfaire mes petites ambitions personnelles.

– Mais je n'en ai aucune.

– Faux ! Tout le monde sait que tu es la chef des radicaux dans cette communauté.

– Et alors ?

– Si tu veux ma place, attends les élections !

– Ta place ? Mais ce n'est pas ta place de chef de bande que je veux, mais ma place ancestrale de femme innue. Quand on avait encore un statut social et qu'on prenait part aux décisions pour tout ce qui touchait à la communauté. Quand on était respectées, et pas battues à tour de bras, parce que les hommes savaient qu'on était indispensables ; les gardiennes du campement quand ils partaient à la chasse. Je ne veux pas être chef de bande. Je veux seulement que les femmes reprennent leur place. Tu sais celle qu'elles occupaient quand les Innus possédaient encore leurs terres. »

Murdock laissa le silence s'installer un moment comme s'il prenait le temps de réfléchir aux paroles de Marie. Puis il planta ses yeux dans les siens.

« Possession de la terre, statut des femmes. Projet de scierie, disparition de Naomi. Et tu crois encore que je ne vois pas clair dans ton jeu. Un jeu dangereux, Marie, méfie-toi. Tu réveilles de vieilles haines. Prends garde à ne pas te brûler avec le feu que tu allumes. Tu as trop de casseroles derrière toi. Les Shehaan t'ont déjà coûté cher. »

11

Roy, le chef de la police de Pointe-Cartier, jetait des regards en dessous à Lemay, le maire de la ville. Tous deux affichaient un air embarrassé et méfiant en écoutant Murdock, le chef de la réserve :

« Dans un autre contexte, je ne vous demanderais pas ça. Mais actuellement, la situation est explosive chez vous comme chez nous. Les élections du nouveau chef de bande approchent et le projet de scierie a crispé les habitants de la réserve. Si les radicaux deviennent majoritaires chez nous, cela risque d'aggraver la situation à Pointe-Cartier. Je suis votre meilleure chance de statu quo, mais pour cela je dois rester irréprochable, donc… »

Chacun se perdit dans ses pensées suite au marché que proposait Murdock. Lemay fut le premier à entamer les pourparlers :

« J'entends ce que tu nous dis, mais tu demandes à la police de Pointe-Cartier de s'occuper de la disparition de Naomi Shehaan. On risque d'être accusés d'ingérence dans les affaires de la réserve et, ça, ça va aggraver les tensions.

– Non, si on explique que la gamine a disparu en dehors du territoire de compétence de la réserve.

– Pfff ! fit Roy. On n'en sait rien. Si ça se trouve, son cadavre est chez vous, sous des mètres de neige.

Et si c'est le cas et que ça implique des Innus, on va tous se retrouver dans une belle merde. »

Murdock agita les mains comme pour le rassurer.

« Écoutez, cette fille est en rupture familiale. Elle n'en est pas à sa première fugue. L'hypothèse la plus probable est qu'elle va réapparaître dans quelques semaines. Au pire, vous le savez aussi bien que moi, on ne la retrouvera jamais. Et quand bien même ! Qu'est-ce que vous voulez qu'on vous reproche ? L'alcool, la drogue et les violences familiales sont le lot de cette famille bien avant la naissance de la gosse. C'est un miracle que la mère ait encore la garde de sa fille vu les négligences envers elle. Elle n'a pas levé le petit doigt pour signaler sa disparition jusqu'à ce que Marie Fontaine mette les pieds dans le plat et le fasse à sa place. Alors, non, je ne crois pas que cette enquête puisse vous affecter. Je ne vous demande pas de la retrouver, mais de me débarrasser du problème. Ça peut sauver ma réélection et maintenir le calme chez vous comme chez nous. Dans quelque temps, avec le projet de scierie, personne n'y pensera plus. »

Roy s'apprêtait à ouvrir la bouche pour énoncer son hostilité à un tel arrangement quand Lemay, le maire de la ville, le stoppa :

« O.K. On va assumer pour toi, mais de ton côté tu t'arranges pour que la mère ne vienne pas nous faire chier et que Fontaine se trouve un autre cheval de bataille que cette disparition.

– Putain ! s'exclama Roy. Vous n'allez pas accepter ça ?

– Du calme, Sam ! répliqua Lemay. Je te demande d'ouvrir un dossier, de désigner un mec et de t'en tenir là. Le reste, je le gère avec Murdock. On va impliquer ton service le moins possible et tenir les médias à distance. »

Lemay et Murdock quittèrent le bureau du chef de la police de Pointe-Cartier, qui resta un long moment le menton sur les poings en se mordillant la lèvre. Cette disparition, cette famille Shehaan, cette nuit du réveillon et cette proximité avec la cabane de chasse de Lebel, tous ces éléments faisaient que l'enquête aurait dû rester le plus loin possible de Pointe-Cartier et non atterrir sur son bureau. Il sortit de ses pensées et s'empara de son téléphone :

« Robertson, c'est le chef Roy. Rapplique tout de suite dans mon bureau. »

Quelques minutes plus tard, Logan Robertson, jeune policier affecté depuis peu au commissariat, fit son apparition. Grand et athlétique, mais plutôt insipide, il sentit immédiatement que son chef s'apprêtait à lui assigner une mission que tous les autres renâcleraient à effectuer.

« Bon, je ne vais y aller par quatre chemins : une Indienne a disparu la nuit du réveillon. Une ado. La réserve de Meshkanau nous refile l'affaire. C'est une fugueuse bien connue, affublée d'une famille de merde. Donc on va sûrement la voir revenir dans quelque temps si elle n'est pas déjà en train de tapiner dans la capitale. Bref, on fait le minimum et on s'implique le moins possible. Gariepy a déjà fait une pseudo-enquête de voisinage et a questionné la mère. Tu récupères ses rapports. Tu m'ouvres un joli dossier et terminé. De toute façon, quoi qu'il arrive, on se cantonne à la réserve et uniquement à la réserve. C'est clair ?

– Très clair, chef », fit Robertson.

L'habituel détachement du jeune policier avait le don d'agacer Roy, mais pas cette fois ; il se félicitait d'avoir un tel individu sous la main. Pas de risque de zèle intempestif de sa part, pas de velléités héroïques, pas de rêve de justicier, pas d'ego en mal de reconnaissance, pas de vagues à prévoir, toutes ces absences caractérisaient Logan Robertson et c'était tout ce dont avait besoin Samuel Roy.

12

L'annonce radiophonique de Marie Fontaine était parvenue jusqu'à la capitale et aux oreilles de Nathan Lebel qui, comme le redoutait Murdock, voyait dans la disparition de Naomi Shehaan, le symbole des conséquences funestes des assauts répétés contre les territoires et la culture des autochtones qu'incarnaient les projets à l'image de la scierie de Meshkanau/Pointe-Cartier.

De nouvelles pancartes, de nouveaux tracts et un nouveau discours fleurissaient au pied de l'université sertie dans la glace hivernale. Au cri de « Une scierie peut couper des vies », Nathan et plusieurs étudiants appelaient à se mobiliser et à manifester pour retrouver Naomi Shehaan, victime de la déshérence d'un peuple privé de sa culture, parce que dépouillé de sa terre à laquelle elle était intimement liée.

Alice aperçut Nathan s'égosiller dans le froid. Tête basse, elle tenta de se faufiler parmi les manifestants et les étudiants. Bien avant qu'elle ne le remarque, il avait guetté l'arrivée de la jeune femme. Il attendit qu'elle soit suffisamment proche pour se précipiter vers elle en bousculant quelques personnes.

« Salut, Alice. »

Sans un regard, elle poursuivit son chemin, ignorant Nathan, qui la talonnait sans se décourager.

« Tu sais que le taux de suicide chez les autochtones est cinq fois supérieur à la moyenne nationale. Que leur taux d'incarcération est plus élevé. Qu'une femme autochtone a dix fois plus de risque de se faire assassiner. Que 1181 d'entre elles ont disparu. 1017 ont été retrouvées mortes et 164 restent introuvables…

– Fiche-moi la paix !

– Naomi Shehaan a disparu depuis la nuit du 31 décembre. Elle habitait la réserve Meshkanau. Ça aurait pu être toi ! »

À ces mots, Alice stoppa net et lui opposa un visage furieux.

« Ça n'a rien à voir avec moi. Ce n'est pas parce qu'on a couché une fois ensemble que tu connais mon histoire.

– Je ne te juge pas. Simplement, je ne comprends pas que le sort atroce de ton peuple te laisse indifférente.

– Je veux seulement qu'on m'oublie. Qu'on ne me ramène pas constamment à ma couleur de peau et à mes origines. »

Nathan la dévisagea longuement parmi cette foule qui s'agitait autour d'eux, créant une nappe de condensation brumeuse. Il ne voulait pas la blesser, mais il ne pouvait concevoir un tel mépris pour sa communauté.

« On ne peut pas tourner éternellement le dos à sa culture. À ce qu'on est. Je ne comprends pas ça. »

Immobiles sur ce parvis, ils se faisaient face. La colère d'Alice fut balayée par une rage froide.

« Tu ne comprends pas, alors viens avec moi ce soir. Toi qui milites du haut de ta tour d'ivoire, tu vas vite comprendre à quoi ma culture me renvoie. »

13

Ils s'étaient donné rendez-vous sur le parvis de l'université, en début de soirée. Fuyant la noirceur et le froid, ils s'engouffrèrent dans le métro. D'arrêt en arrêt, les belles stations propres et modernes du quartier universitaire firent place à de plus anciennes, fonctionnelles et tristes des quartiers populaires jusqu'à aboutir aux stations sales, délabrées et sinistres des quartiers nord bien connus de tous les habitants, mais dans lesquels personne n'allait à moins d'y être obligé. Alice s'y rendait parfois quand son trouble identitaire était à son comble. Nathan ne s'y était jamais aventuré.

Des façades beiges ou rouges, ternies par la saleté, jamais ravalées. Des ruelles où s'entassaient les débris matériels et humains dont la population voulait se débarrasser. Le royaume de la crasse et des rats s'animait la nuit pendant laquelle des silhouettes fantomatiques surgissaient de l'ombre des porches ou se découpaient sous la lumière des lampadaires. Des sans domicile fixe, des drogués, des prostituées, des travailleurs pauvres que le coût des logements et les bas salaires avaient rejetés loin des quartiers vivables. Parmi les spectres des quartiers miséreux, un nombre incalculable de visages aux yeux en amande et aux cheveux de jais se levait vers les deux jeunes gens.

« La rupture des liens avec leur culture et leur communauté accentue leur isolement et leur marginalisation. Pour les femmes, le problème est accru par la discrimination et le sexisme », fit Nathan en se lançant dans un argumentaire universitaire pour contenir la gêne des regards qui se posaient sur eux tandis qu'Alice s'en empreignait pour n'en oublier aucun détail.

« L'image de "l'Indien sale" et de "l'Indienne facile", d'un peuple violent d'alcooliques, de drogués et de fainéants ne cesse de leur coller à la peau et…

– Et quoi ? le coupa Alice. Tu veux des chiffres ? Contrairement à ce que tu penses, je ne suis pas ignorante de ce qui les touche. Mais, moi, je n'oublie pas que la majorité des agresseurs sont d'anciennes victimes, que la plupart des femmes agressées sont elles-mêmes droguées ou alcooliques et que beaucoup souffrent de troubles mentaux suite à des années d'alcoolisme ou de toxicomanie. Comment veux-tu donner une image positive avec ça ? »

Au milieu d'une rue où les gémissements fous le disputaient aux éclats de voix, Nathan s'arrêta et dévisagea Alice.

« Comment peux-tu mépriser les tiens à ce point ? Toi qui t'en es sortie, comment n'as-tu pas envie de faire quelque chose pour aider ta communauté ? On ne peut pas tourner le dos à sa culture.

– Non, mais on peut échapper à ses conséquences. Et moi, en t'emmenant ici, ce soir, je me demande comment tu fais pour échapper à la tienne quand tu vois ce qu'elle a engendré. »

Nathan sentit la colère monter en contemplant le visage accusateur d'Alice. Lui qui s'était tant intéressé aux autochtones et tentait de faire évoluer les mentalités, se sentait injustement accusé de crimes que sa génération n'avait pas commis.

« Tu vois, moi, je connais ma culture. Je sais ce qu'elle a fait et c'est pour cette raison que je tente de l'amender. »

Alice émit un rire sarcastique. Derrière les beaux discours et les cascades de chiffres, Nathan avait une vision du problème bien éloigné des réalités de son passé et des sentiments éprouvés alors.

« Tu n'es pas responsable de ce qu'ont fait tes ancêtres aux miens, mais tu profites des bénéfices qu'ils en ont tirés. C'est plus facile de militer dans ta belle université que dans ma position. Tu n'amendes rien. Tu te donnes bonne conscience. Je sais très bien le genre de personne que tu es en réalité. Moi, au moins, je suis au clair avec mes origines et ma conscience.

– Mon père a une maison entre Meshkanau et Pointe-Cartier. Je ne suis peut-être pas né dans la région, mais j'y ai passé toutes mes vacances depuis que je suis gamin. Je ne fréquente pas ta communauté, mais, contrairement à toi, je connais des tas de gens qui vivent avec eux. Alors si tu es si sûre de qui tu es, accompagne-moi là-bas. »

DEUXIÈME PARTIE

LE CORPS

14

Avec le retour des outardes, l'éclat blanc de la terre avait fait place à des nuances de vert grisâtre, d'orange fané et de marron boueux. La fonte de la neige et le dégel fissuraient le lac, dévoilant des eaux anthracite à peine teintées de bleu sur lesquelles oscillaient des blocs blancs, derniers vestiges de l'hiver.

En dépit de ce paysage morne, l'arrivée du printemps inaugurait l'installation des campements innus en bordure de forêt et de lac. Quelques ossatures de bois devant supporter la toile des tipis apparaissaient sporadiquement, abritant des petits groupes d'hommes et de gosses ravis de retrouver les gestes ancestraux et la sérénité de la nature.

Gariepy souriait à l'une de ces familles. Discrètement, il effectuait des patrouilles, car il savait que derrière le retour à la tradition, l'alcool et ses excès étaient à craindre.

La voix de Marie Fontaine le fit sursauter :

« Tu viens t'assurer qu'ils se tiennent tranquilles ?

– Non, je passe dire bonjour. »

Les autres s'éloignèrent, les laissant seuls, car tous deux étaient craints pour des raisons tout aussi différentes que valables.

« Tout le monde devrait pouvoir ressentir ça un jour ; ce qu'on éprouve quand on retourne à la nature. Tous ;

ceux qui ne savent pas, tout comme ceux qui ne sont plus là.

– O.K., je vois, soupira Gariepy. Toi, tu n'es pas simplement venue dire bonjour.

– Toi non plus, fit Marie dans un vague sourire. Ça fait quatre mois qu'elle a disparu et on n'a aucune nouvelle. Elle n'est jamais partie aussi longtemps.

– Et sa mère n'a toujours pas fait de signalement.

– Mais moi, si.

– Tu n'es pas son tuteur légal. Mais on a quand même ouvert une enquête.

– À Pointe-Cartier…

– Oui, à Pointe-Cartier. »

Le cri des outardes, les rires des enfants et le martèlement des massettes donnaient vie à ce paysage hésitant entre désolation et renouveau. Une bourrasque froide balaya le visage de Marie dont le regard s'accrochait à l'horizon flou entre le gris de la terre et celui du ciel.

« Ils l'ont au moins portée au registre national des personnes disparues ? demanda-t-elle d'une voix éteinte.

– Je suppose.

– Tu supposes ? Tu la connais depuis qu'elle est née et tu supposes…

– Écoute, Marie, ce n'est plus de mon ressort. Sa mère n'a même pas voulu faire de signalement. Elle a refusé de coopérer avec l'enquêteur en charge du dossier. Je sais que la vie n'a pas été tendre avec Michèle, mais sur ses quatre enfants, trois ont été placés. Aux dernières nouvelles, un est mort d'overdose et les deux autres sont en prison. Le seul qui lui restait prenait le même chemin.

– “Restait” ? Naomi n'est pas encore morte. Tu pourrais faire ton maximum pour lui éviter ça.

– Arrête de vouloir sauver les gens malgré eux. Tu n'es pas la gardienne de cette communauté. Tu n'as aucun droit sur les autres.

– Avant…

– Arrête avec tes “avant” ! Puisque tu aimes tant te rappeler le passé, n’oublie pas le tien. N’essaie pas de laver ta conscience en te servant de la vie des autres. Même si on n’est pas nés sous une bonne étoile, certains arrivent à s’en sortir et d’autres s’enfoncent, chaque jour, un peu plus. Tu t’en es tirée tandis que Michèle ne fait rien pour changer la donne. Trop facile de toujours se chercher des excuses ou des responsables. »

Sur ces mots, il la laissa seule face à l’horizon bouché de la réserve.

15

Il avait chassé. Il avait trouvé les pistes, attendu sa proie et l'avait abattue. Penché sur sa dépouille, il l'avait honorée, l'avait remerciée de s'être offerte à lui. Mais très vite, comme après chaque chasse, le malaise était réapparu jusqu'à devenir insoutenable quand il avait écarté les branchages et avait vu ces yeux.

Tel un fou, il s'était empressé de courber de longues tiges souples, de les planter dans le sol en les entrecroisant, de les recouvrir des peaux qu'il emportait avec lui chaque fois qu'il s'éloignait du tipi planté devant son cabanon. Au centre de cette hutte hermétique, il avait creusé le sol. Dehors, il avait allumé un feu où il avait chauffé les pierres puis les avait transportées dans le trou avant de les couvrir de branches de genévrier. Il s'était dénudé et avait versé l'eau froide sur elles.

À présent, Peter Shehaan baignait dans la vapeur étouffante de la tente de sudation, espérant chasser les démons du passé revenus à la faveur de la dépouille ensanglantée qui le regardait de ses yeux portant encore les stigmates de la traque et de la détresse subies.

La chasse…

Celle que les hommes de sa communauté pratiquaient quand il était petit et à laquelle son père l'avait initié avant qu'il ne parte pour le pensionnat. Une période bénie pour Peter et les autres enfants, mais à jamais révolue, car le calendrier scolaire était arrêté de sorte qu'ils ne puissent pas participer à ces chasses ; les éloigner ainsi toujours un peu plus de leur mode de vie « impie ».

En lieu et place, les religieux organisaient des regroupements en pleine nature au milieu des mouches et des moustiques. Filles et garçons séparés, chacun dans un camp, au milieu de nulle part. Même si les coups avaient plu depuis des mois et avaient modifié l'esprit et le regard de Peter, le petit garçon avait ressenti du réconfort dans ce premier retour à la nature. Instinctivement, il avait confectionné un piège, croyant qu'ils allaient devoir chasser pour se nourrir au milieu de ces vastes espaces sauvages. Tout comme leur langue était sacrilège, cette activité l'était tout autant.

Agenouillé pour courber les tiges et les imbriquer, Peter avait vu une ombre s'abattre au-dessus de lui et se répandre sur le sol. Son visage s'était retourné vivement et s'était heurté aux yeux révulsés du Père supérieur qui découvrait ce que l'enfant faisait. Il l'avait saisi par le col, avait fait tomber son pantalon, avait ramassé une tige souple et l'avait fouetté jusqu'à scarifier sa peau tendre de longues striures à vif. À chaque coup qui s'abattait, Peter avait ravalé ses pleurs et ses cris de souffrance qui lui avaient donné l'impression d'obstruer sa gorge, de l'étouffer tandis que son estomac se révulsait en entendant les grondements gutturaux du Père.

Essoufflé, mais apaisé, le religieux lui avait fait signe de se rhabiller puis l'avait entraîné parmi les autres enfants devant lesquels il avait entamé des prières de repentance. Ivre de douleur, soumis à la voix pénétrante qui prononçait ce sermon abrutissant, Peter avait senti un voile s'abattre devant ses yeux. Un filtre de haine qui ne le quitterait plus après la nuit qui suivrait. Celle du « réconfort » comme l'avait appelée le Père.

À l'abri de sa tente, le religieux lui pardonnait, mais il devait cesser de se comporter en sauvage. Il allait le soigner. Il fallait lui montrer les plaies causées par le fouet. Tout en se déshabillant, il lui avait promis d'apaiser sa douleur par des plaisirs que seuls deux êtres meurtris par la vie peuvent se procurer l'un à l'autre. Peter avait senti une peau rude d'homme se coller sur ses plaies puis les mêmes grognements gutturaux et une douleur si vive, un dégoût si profond que le voile noir s'était abattu définitivement devant ses yeux et dans son esprit de petit garçon. En le congédiant, le Père lui avait redit qu'il pardonnait à Peter son « réflexe de sauvage ». Il n'avait même pas pris la précaution de s'assurer de son silence sur ce moment de « réconfort ». Il connaissait trop la honte qu'éprouvaient ces gosses pour s'inquiéter de leurs éventuelles confidences.

Depuis cette nuit, jamais Peter n'était parvenu à dormir profondément dans l'enfer des bruissements qui s'immisçaient dans les dortoirs ; le froissement délicat du tissu d'une soutane venant l'envelopper pour déverser son « amour » et son « réconfort » puis laisser le jour se lever sur le dégoût de soi et un sentiment d'impuissance inculqué dès l'enfance aussi violemment que l'amour de Dieu.

Des sentiments qui étaient également restés gravés au plus profond de sa sœur Michèle que les religieuses traquaient pour des mains sales, des cheveux mal peignés de gamine ayant joué :

« Tu es sale. Tu resteras une sauvage. Les sauvages sont sales et ignorants par nature. Tu es sale. »

Tu es sale.

Tu es sale.

Au bord de l'évanouissement dans la touffeur intenable de la tente, Peter sortit précipitamment et alla vomir, avant de tomber à genoux, se prenant la tête dans les mains en poussant des cris suraigus. Après de longues minutes, il se rhabilla et se dirigea vers l'amas de branches en bordure du lac.

Il en écarta quelques-unes et saisit la main livide qui dépassait. Au-dessus d'elle, il se balança en implorant pardon tout en pleurant.

16

Depuis leur excursion dans les quartiers misérables de la capitale, Alice avait pris l'habitude de se faire accoster par Nathan lorsqu'il était de « permanence » pour manifester devant l'université contre le projet de scierie et pour l'accélération de l'enquête sur la disparition de Naomi Shehaan. En principe, leurs échanges se limitaient à un simple « salut, Alice. N'oublie pas Naomi. » La jeune femme le regardait sans répondre et passait son chemin comme s'il n'avait jamais existé.

Mais ce soir-là, l'air était plus doux. Malgré la tristesse des rues baignées d'eau grise, mélange de neige fondue et de résidus de gaz d'échappement, le dégel était la promesse du retour des beaux jours qui déteignait sur les visages et les humeurs. Nathan aperçut Alice Tremblay sortir de l'université pour rejoindre son domicile. Immuable, le rythme ne variait jamais tout comme la trajectoire qui la conduisait de l'entrée du bâtiment à sa station de métro. Malgré son indifférence face à ses sollicitations, un lien univoque, mais quotidien, un jeu en forme d'habitude, s'était instauré entre eux : il l'accostait, elle le regardait et passait son chemin. Il décida de s'imposer un peu plus à elle :

« Salut, Alice. Tu sais, à Meshkanau, ils ont une radio.

– …

– Je suis abonné aux podcasts d'une émission, "La quotidienne de Marie". C'est elle qui a alerté sur la disparition de Naomi.

– …

– Mais pas que ça. Elle a plein d'idées intéressantes, cette femme. Tu pourrais écouter ce qu'elle a à dire.

– … »

Alice poursuivait sa route sans se hâter, sans montrer la moindre impatience même si elle remarquait qu'il n'était jamais allé aussi loin avec elle sur le trajet de la station de métro.

« Si tu ne veux pas me parler, je vais devoir te suivre jusque chez toi.

– Alors je porterai plainte pour harcèlement », répliqua calmement Alice, ce qui fit sourire Nathan que ce début de réaction incita à poursuivre :

« Et tu penses qu'ils croiront qui, entre un jeune étudiant blanc sans histoire et une Indienne ? »

Alice s'arrêta instantanément et sentit une vague d'agressivité déferler en elle. Nathan sourit face à ce réflexe de colère qu'il escomptait.

« Si tu réagis comme ça, c'est que t'es d'accord avec moi pour dire que le système est pourri. Alors ? Toujours envie de rester sans rien faire pour Naomi ?

– Et toi ? Toujours dans le déni de la réalité ? rétorqua-t-elle.

– C'est bientôt les vacances. Viens passer quelques jours avec moi dans la cabane de chasse de mon père. C'est juste à côté de Meshkanau. On en a pour une bonne journée en voiture, mais si t…

– Je sais où est la réserve.

– C'est la tienne, hein ? T'as de mauvais souvenirs ?

– C'est pas tes affaires ! »

Nathan n'insista pas de peur d'être allé trop loin. Il s'en voulait. Bien entendu, elle ne devait pas avoir de bons souvenirs, sinon elle serait encore là-bas ou elle se mobiliserait pour ce qui concernait sa terre natale. Il se mordilla les lèvres. Il avait mis tant de temps à établir un contact avec elle. Il venait peut-être de tout gâcher en quelques mots.

*

De mauvais souvenirs...

Pour tout dire, un seul revenait à l'esprit de la jeune femme ; celui de son dernier jour dans sa famille au milieu du taudis qu'elle occupait dans cette réserve paumée. Son patrimoine familial et culturel se résumait à quelques images et bribes de phrases. Dans l'alternance stroboscopique de la noirceur des tunnels du métro et de la lumière aveuglante des stations, les arrêts défilaient sous ses yeux tandis que son esprit ne parvenait pas à s'évader vers son enfance et Meshkanau.

Elle sortit de la rame. Elle s'engagea dans la rue sur laquelle la nuit tombait, rendant luisant le bitume détrempé. Elle monta des escaliers et ouvrit une porte, celle de son petit appartement sans âme, sans souvenirs. Banal et impersonnel, tout comme sa vie. À force de vouloir s'effacer, elle devenait transparente.

Alors elle ôta ses chaussures et son manteau. Elle pianota sur son téléphone jusqu'à trouver le podcast de la radio de Meshkanau. L'un d'eux était consacré à Naomi Shehaan. Elle effleura l'écran et la voix surgit aussitôt. Une voix chaude de femme mûre qui détaillait par le menu, les qualités de la disparue, son parcours de déscolarisation et de fugues. Le début de son errance jusqu'à cette nuit fatidique de réveillon. Cette voix calme et déterminée en exhuma d'autres qu'Alice avait totalement effacées de sa mémoire ; celles du désœuvrement et de l'abandon, lorsque la nuit tombait sur Meshkanau après de longues journées à tourner en rond dans cette réserve et ces logements insalubres. Après des heures à s'alcooliser pour oublier. Alors, l'obscurité résonnait des voix de disputes et des bruits de coups.

Sur son petit canapé, Alice sentit une larme couler sur sa joue. Elle ne pouvait plus bouger, pas même pour mettre fin à la narration radiophonique qui la projetait derrière les vitres de la maison de son enfance quand, dans le noir de la nuit, la petite Alice tremblait en voyant la silhouette des hommes ivres s'approcher de la porte de sa maison. Ils savaient que trois femmes et six gamins y vivaient seuls, sans présence masculine pour s'opposer à eux. Dans leur état d'ébriété, plus de respect dû à l'âge de sa grand-mère ou de retenue face à l'innocence des petits. Ils cognaient pour qu'on leur ouvre. Les trois femmes vociféraient, menaçaient pour les éloigner. Parfois on en venait aux mains. Des combats d'ivrognes dont les enfants apercevaient des images syncopées et ne pouvaient pas se prémunir des bruits du tumulte.

Des nuits d'insomnies et d'angoisse avant que le jour ne se lève et qu'il faille reprendre le chemin de l'école avec d'autres gosses ayant vécu le même cauchemar. Puis une institutrice qui vous parlait de l'histoire de leur grand pays et Alice qui ne comprenait pas où était la grandeur ni pourquoi elle devait apprendre de telles absurdités après avoir vu sa mère lui servir un bol de céréales en toute hâte avant de s'administrer son premier shoot de la journée.

L'émission s'acheva. Comme une amnésique recouvrant son passé, Alice revint à la réalité de sa vie présente, encore choquée par ces réminiscences qu'elle découvrirait pour la première fois. Elle porta ses yeux sur l'écran de son téléphone et s'abonna aux podcasts de « La quotidienne de Marie » avant de se recroqueviller sur son canapé et de s'abandonner aux larmes.

17

« C'est elle ?

– Les vêtements correspondent. »

Lemay, le maire de Pointe-Cartier, se trouvait de nouveau dans le bureau du chef de la police de la ville, Samuel Roy.

« On attend la fin des relevés d'indices avant d'envoyer le corps à la morgue pour l'identification et l'autopsie.

– C'est Harvey qui va s'en occuper ? demanda Lemay.

– Qui d'autre ? répliqua ironiquement Roy. Merci du cadeau. J'étais contre le fait de récupérer cette affaire. Murdock et ses Indiens n'avaient qu'à se débrouiller avec leurs problèmes. On est suffisamment emmerdés avec le bordel qu'ils foutent dans notre ville. Ça devait être une simple fugue et maintenant, on se retrouve avec un cadavre sur les bras. »

Lemay se tassa sur sa chaise. Il savait que la situation le plaçait désormais dans une position inconfortable et Roy s'acharnait :

« En plus, tu sais qui l'a découverte ? »

Le maire hocha la tête sans oser regarder le policier.

« Peter Shehaan ! Putain, son propre oncle ! Un type de la réserve avec un passé de violence familiale aussi lourd que son casier judiciaire.

– Selon Murdock et Gariepy, il s'est rangé depuis. De toute façon, on ne sait pas si c'est un meurtre.

– Tu plaisantes, j'espère ! hurla Roy.

– Du calme. On va attendre le rapport d'autopsie de Harvey pour y voir plus clair. Pour l'instant, on sait juste qu'elle a été retrouvée par son oncle en bordure du lac du côté de la réserve.

– Le corps était pris dans des branchages, fit Roy. Il a sûrement dérivé avec le dégel. Il était peut-être plus loin que la limite de la réserve. Plus proche de Pointe-Cartier si tu vois ce que je veux dire. »

Le téléphone sonna.

« Ici Roy ! Quoi ?… Qu'est-ce qu'elle foutait là ? »

Il adressa un regard sombre à Lemay avant de reprendre :

« Et elle a confirmé que c'était sa fille ?… O.K. Alors vous me la dégagez de la zone et vous me la ramenez au poste pour qu'on l'interroge. Dernière chose, vous vous magnez d'envoyer le corps à Harvey. »

Roy raccrocha et dit à Lemay :

« La mère vient d'identifier le corps. Ça, au moins, ça n'aura pas traîné. C'est bien la fille Shehaan. »

Le silence se fit entre les deux hommes. Le regard de Lemay se perdit sur la grande carte de Meshkanau/Pointe-Cartier qui s'étalait sur le mur. Il la contemplait avec inquiétude. Ses yeux finirent par osciller invariablement entre les deux mêmes points. Les deux hommes présents dans ce bureau savaient que d'autres finiraient par en venir à de pareilles déductions et qu'il fallait absolument l'éviter ; l'enquête devait à tout prix retourner sur le territoire de la réserve et ne pas s'étendre ailleurs.

« Bon, écoute ! trancha Roy. Deux solutions : soit on a suffisamment de preuves pour inculper l'oncle et l'affaire est pliée, soit le rapport d'autopsie ne nous donne rien de concret et on laisse pourrir l'enquête.

Ça fera juste une affaire de plus de meurtre d'Indienne non résolu.

– Oui, mais, les investigations dépendent de nous, objecta Lemay, soucieux. Et en cas d'échec…

– T'inquiète. Quelque chose me dit qu'à l'approche des élections de chef de bande, Marie Fontaine et sa troupe d'Indiens vont venir demander des comptes à Murdock bien avant nous. Tout le monde devrait s'en remettre, même la mère si elle augmente suffisamment les doses d'alcool. Pour Murdock comme pour Fontaine, personne n'a intérêt à ce qu'on fouille trop et qu'on découvre que le meurtrier est un habitant de la réserve. Ça va être dur de négocier des compensations pour la scierie ou jouer aux autochtones au cœur pur en donnant cette image. Même les médias vont y regarder à deux fois avant de prendre fait et cause pour eux. Le pourrissement ; c'est le meilleur pour tout le monde. On est O.K. ? »

Lemay réfléchissait. Il se méfiait des solutions simplistes et hâtives. À trop vouloir éloigner l'enquête de Pointe-Cartier et surtout de la cabane de chasse de Thomas Lebel, il avait peur que cette stratégie ne finisse par leur revenir en pleine figure.

« C'est O.K. ? » insista Roy.

Le maire hésita encore avant de lâcher :

« On attend le rapport d'autopsie.

– Ça sera trop tard. Toi et moi, on était dans cette putain de cabane de chasse, la nuit du réveillon et on sait très bien qui y est venu également. Alors… »

Lemay le regarda avec des yeux remplis d'effroi comme si ce dernier paramètre lui avait échappé. Roy lui lança un regard aussi sarcastique que sa voix :

« Tu n'avais même pas fait le rapprochement ?

– Tu vas pouvoir faire en sorte que ça ne figure pas dans le dossier.

– Tant que l'enquête ne se répand pas partout.

– O.K., alors on étouffe l’affaire. Tu peux compter sur moi pour charger Murdock et la réserve, si nécessaire. »

18

La salle d'interrogatoire du poste de police de Pointe-Cartier se résumait à une pièce exiguë, sans fenêtre, équipée d'un vieux radiateur en fonte, de deux chaises et d'une table. Pas de vitre sans tain, pas d'ambiance hollywoodienne ; un simple bureau aveugle et dépouillé.

Le corps massif de Peter Shehaan semblait envahir entièrement cet espace confiné, réduisant Logan Robertson au rang de gadget décoratif. Entre l'impassibilité de Shehaan et le détachement de Robertson, l'ambiance était calme, en d'autres circonstances, elle aurait pu être qualifiée de morose.

« Donc vous étiez à la chasse depuis deux jours quand vous avez trouvé le corps de votre nièce ?

– Oui.

– Et vous avez pris quoi pendant deux jours ?

– Ce que vous avez trouvé sur place.

– Vous étiez seul ?

– Oui.

– Vous n'avez croisé personne ?

– Non.

– Vous partez souvent seul ?

– La plupart du temps.

– Et vous l'avez trouvée comment ?

– J'avais rendu hommage à ma dernière prise… »

Robertson afficha une moue sceptique, mais le laissa continuer.

« … Et puis en allant rejoindre mon pick-up, je suis passé près du lac et j'ai vu un truc blanc qui avait l'air coincé dans le tas de branches. Parfois, y a des oiseaux qui se prennent dedans. Alors je suis allé voir et c'est là que j'ai vu que c'était une main… une main de femme.

– Vous êtes bien tombé. C'est pas facile à voir.

– …

– Et vous avez fait quoi, après ? »

Peter regarda le policier d'un air embarrassé et fataliste à la fois.

« Vous avez fait quoi, après avoir vu le cadavre ?

– Je me doutais de qui c'était.

– Juste en voyant une main ?

– Y a pas des tonnes de femmes disparues en ce moment dans la région.

– Ça pouvait être quelqu'un d'autre.

– Peut-être, mais moi, j'ai tout de suite pensé à elle et quand j'ai écarté un peu les branches, j'ai compris.

– Et après ?

– J'ai monté une tente de sudation pour me calmer.

– Vous trouvez le cadavre de votre nièce et la première chose que vous faites, c'est un tipi ?!

– Non. Pas un tipi. Une tente de sudation pour… De toute façon ça ne sert à rien de vous expliquer. Ça vous dépasse.

– Et après avoir pris une bonne suée, vous avez fait quoi ?

– Je suis retourné lui rendre hommage.

– Comme pour la bestiole que vous aviez chassée. »

Le regard de Peter se voila de cette brume d'agressivité qui lui donnait ce visage de brute, de coupable, d'assassin.

« Non. Pas comme ma proie.

– Et les traces de vomi ?

– C'est moi. Après la sudation.

– Donc, je résume : vous avez chassé, rendu hommage à une bestiole, trouvé une main dans des branchages, découvert que c'était votre nièce, sué dans un tipi, vomi, rendu hommage au cadavre de Naomi et enfin vous nous avez prévenus. Et personne pour confirmer vos déclarations. C'est bien ça ?

– Je ne m'attends pas à ce que vous compreniez.

– Une chance parce que c'est pas banal comme comportement et comme réaction quand on découvre le cadavre de sa nièce.

– Y a jamais rien eu de banal dans ma vie.

– J'ai lu votre dossier.

– Vous n'avez entrevu que la surface de ma vie. Vous n'avez aucune idée de ce qu'il y a en dessous. Vous ne savez même pas ce que c'est que la souffrance. La vraie. Celle qui ne vous quitte plus de jour comme de nuit, éveillé ou en rêve.

– Cette souffrance, elle peut mener jusqu'où ? »

Le visage de Peter se ferma.

« J'ai répondu à vos questions. Je ne dirai plus rien. »

Robertson tenta quelques interrogations plus anodines puis arrêta très vite face au mutisme calme et déterminé de cet homme.

« Il paraît que c'est votre truc à vous, les Indiens, de rien dire, de se taire… »

Peter Shehaan sentit sa respiration marquer un temps d'arrêt et ses muscles se raidir. En d'autres temps, il serait déjà passé de l'autre côté de cette table et aurait martelé le crâne de ce petit connard. Mais, aujourd'hui, il se contenta de fermer les yeux et de faire le vide dans son esprit. Robertson le contempla encore un instant avant de quitter la pièce. Dès la sortie, il tomba nez à nez avec le chef Roy.

« Alors ?

– Il dit qu'il a chassé et qu'il est tombé par hasard sur le corps, mais juste avant de nous appeler, il a…
– Alors il n'a pas avoué le meurtre ?
– Quoi ? fit Logan Robertson, interloqué.
– Il a avoué avoir tué la fille ?
– Non, mais y a aucune raison pour qu'il ait avoué quoique ce s…
– O.K. On verra ce qu'en dit le rapport du légiste. En attendant, tu restes là. On va t'amener la mère. Tu vois si sa version de la nuit du réveillon correspond avec celle recueillie par Gariepy, le flic de la réserve. T'as lu son rapport au moins ? Celui qu'il a fait au tout début avant que Murdock nous refile son pot de pus.
– Oui.
– Alors tu vas à l'essentiel avec la mère sauf si elle a des trucs à balancer sur son frangin. Le reste on verra après. »

Roy tourna les talons et laissa Robertson dans le désarroi le plus complet. Lui dont les qualités professionnelles étaient considérées comme quasi inexistantes se retrouvait en charge d'interrogatoires importants dans un dossier qui venait de basculer de simple disparition à probable homicide.

Depuis le début, personne ne voulait de cette affaire ; morte ou vivante, cette fille indifférait tout le monde. Elle pouvait même s'avérer gênante. La solution des maires et grands chefs ? Lui, Logan Robertson, l'homme de la situation pour enterrer une enquête ou devenir le bouc émissaire idéal en cas de dérapage.

Il regagna la salle d'interrogatoire où un Shehaan en avait remplacé un autre. À présent, il se trouvait face à une femme bien moins âgée qu'elle ne le paraissait ; Michèle, la mère de la victime, qui semblait plus absente qu'abattue après le décès de sa fille.

« Bonjour, madame Shehaan, entama Logan. Toutes mes condoléances pour Naomi. »

Elle ne répondit pas. Elle continuait de fixer un point imaginaire sur le sol.

« Vous pouvez me dire ce qui s'est passé la nuit du réveillon.

– Rien.

– Vous êtes rentrée avec votre fille ?

– Non.

– Elle est rentrée avant ou après vous ?

– Avant.

– Seule ?

– Je suppose.

– À pied ?

– Je suppose.

– C'était quelle heure ?

– Je sais pas.

– Et vous, vous êtes rentrée à quelle heure ?

– Je sais pas.

– Vous avez bien une idée ?

– Je sais pas. Le soir de réveillon, on… enfin vous voyez… On boit un peu trop et on oublie ce qui se passe.

– Je vois. Mais il ne s'est rien passé d'étrange ce soir-là ?

– Non.

– Elle vous a parlé avant de partir ? »

Le regard de Michèle devint hagard.

« Maman, viens !

– Démerde-toi ! T'es assez grande pour coucher avec ce connard, alors t'as pas besoin de ta mère pour rentrer ! »

« Madame Shehaan ? Naomi vous a parlé avant de partir ?

– Non.

– Et votre frère, il était présent ce soir-là ? »

Pour la première fois, le visage de la mère s'anima et son regard reprit vie dans un éclat de méfiance et d'hostilité.

« Oui, il était là. Toute la soirée.

– Comment en êtes-vous si sûre puisque vous ne savez pas à quelle heure vous êtes rentrée ?

– Je le sais. C'est mon frère. J'ai toujours un œil sur mon petit frère. Toujours. Depuis qu'on est enfant. C'est le rôle d'une grande sœur de veiller sur son petit frère.

– Et pour Naomi ? C'est bien le rôle d'une mère de toujours garder un œil sur son enfant ? Et pourtant vous ne savez pas quand elle est partie. »

Michèle ne cilla pas.

« Elle était partie en douce. Le matin, elle était pas rentrée. J'ai cru qu'elle était avec Will, mais en fait, non.

– Je sais. Stanley Gariepy l'a interrogé. Une fille a témoigné qu'ils avaient passé la nuit ensemble. »

Michèle grimaça. Conformément à la demande de son chef, Robertson aurait dû s'arrêter là, mais dans le rapport de Gariepy, jamais Michèle n'avait mentionné son frère.

« Peter était comment avec votre fille ?

– Pourquoi toutes ces questions avec Peter ? Il a trouvé le corps de Naomi, c'est tout.

– Ça ne vous intéresse pas de savoir qui a fait ça à votre enfant ?

– Et ça changera quoi à ce qui s'est passé ? Ça changera quoi à nos vies ?

– Un assassin est en liberté. Il pourrait s'en prendre à d'autres jeunes filles. Le meurtre de votre enfant pourrait rester impuni. Ça ne vous dérange pas ?

– L'un de mes gosses est mort d'une overdose. Deux autres sont en prison et y retourneront dès qu'ils seront libérés. Je dois payer et je paierai jusqu'à ma mort.

Naomi n'est qu'une punition de plus. Alors découvrir ou pas son assassin ; ça n'a pas de sens pour moi.

– Et Peter dans tout ça ? C'est aussi votre punition ? »

Tout comme son frère quelques minutes auparavant, Michèle se mura dans le silence.

19

Il était tard quand la sonnette retentit dans le petit appartement d'Alice Tremblay. De jour comme de nuit, personne ne venait jamais lui rendre visite ; pas d'amis, de petit copain ou de famille. Peut-être un démarcheur ou un voisin sollicitant un service. Elle décida de ne pas ouvrir. Un second puis un troisième coup. Elle s'avança sans bruit vers la porte et regarda par le judas : Nathan Lebel… Le quatrième coup de sonnette la fit sursauter et ouvrir immédiatement la porte.

« Qu'est-ce que tu veux ?

– T'as entendu le dernier podcast ?

– Comment t'as eu mon adresse ?

– À la fac, pas compliqué de trouver ce genre d'infos.

– Fiche-moi la paix ou j'…

– T'appelles les flics ? Et tu vas leur dire quoi ? Qu'un jeune étudiant blanc…

– Ça va, le coupa Alice, énervée. Qu'est-ce que tu veux ? »

Les éclats de voix firent s'ouvrir une porte voisine qui laissa entrevoir un œil à l'affût du « tumulte » chez Mlle Tremblay ce qui eut pour effet d'amuser Nathan et d'embarrasser la discrète Alice.

« Entre », lâcha-t-elle à regret. Elle s'empressa de refermer derrière lui, mais ne l'invita pas à s'aventurer plus loin.

« Alors t'as entendu le dernier podcast ?
– Non, mentit-elle.
– Ils ont découvert le corps de Naomi. Ce matin, j'ai épluché la presse ; trois lignes dans les faits divers et encore, pas partout. Mon père m'a dit de ne pas venir à Pointe-Cartier, ça risque de chauffer, mais tant pis.
– Tu vas y aller quand même ?
– Absolument. J'irai dormir en ville. Chez Axelle. Elle loue des chambres pas cher. Un meurtre et seulement trois lignes dans la rubrique des chiens écrasés. Pour une Blanche, ça aurait fait la une. Pas question de laisser passer ça !
– Mais tu comptes faire quoi ? ricana Alice. Tu vas mener ta propre enquête ? »
Nathan afficha un air sévère.
« Ça t'amuse ?
– Non, se braqua Alice. Moi, je ne prends pas ça pour un jeu.
– Moi non plus et c'est bien pour ça que je compte y aller et balancer sur les réseaux sociaux tout ce que je peux trouver. Pour que les gens réagissent. Tu sais ce que la femme de la radio a dit aujourd'hui ? C'est ce qui m'a décidé à partir. »
Alice se tut. Elle savait très bien comment Marie Fontaine avait conclu sa dernière émission.
« Ne plus faire payer nos erreurs à nos enfants. »
Nathan sentit son trouble ; elle écoutait ces podcasts. Désormais, il en était certain. Elle n'était pas aussi indifférente qu'elle voulait le laisser paraître ou s'en persuader.
« Tu es partie très jeune de là-bas… »
Alice sentit l'émotion la submerger. La voix de Marie Fontaine avait fait renaître des souvenirs oubliés. Elle baissa la tête pour que Nathan ne découvre pas ses yeux humides.
« Oui.

– Tu as encore des parents ou des amis là-bas ? »

Elle fit non de la tête.

« Marie Fontaine a dit qu'on devait se battre pour Naomi parce qu'elle était notre fille et notre sœur à tous.

– Eh bien, elle a tort ! cracha Alice en levant ses yeux rouges sur lui.

– Alors, prouve-le-nous. À elle comme à moi. Viens à Pointe-Cartier. »

Moins de trente minutes plus tard, Alice déposait sa valise dans le coffre de Nathan. En refermant la portière, elle se sentit prisonnière. Lorsque la voiture démarra pour prendre la direction de Meshkanau, elle eut l'impression de se jeter du haut d'une falaise.

20

Vingt-quatre heures après la découverte du corps de Naomi Shehaan, Roy fit entrer dans son bureau Robertson, le policier en charge du dossier, et le docteur Denis Harvey, médecin urgentiste, mais aussi légiste de la région.

« T'as pas perdu de temps, lança Roy en les invitant à entrer. Merci à toi.

– Pas de souci. J'imagine que vous vous trouvez dans une situation délicate avec ce meurtre et tout le reste.

– T'as pas idée… Tu connais Logan Robertson, je suppose.

– Oui, fit Harvey en serrant la main du jeune policier.

– Bonjour, docteur.

– Denis ou Harvey, ça suffira.

– Bon, alors qu'est-ce que t'as à nous apprendre ? fit Roy.

– Après des mois passés dans la glace, le corps a été plutôt préservé ; nombreuses fractures, tu verras le détail dans mon rapport. Elle a été passée à tabac. Elle est décédée suite à la perforation de ses poumons. En clair, elle s'est noyée dans son sang. Assez lentement. J'ai aussi trouvé des fibres de plastique sous ses ongles. Visiblement des fibres textiles.

– Sûrement les mêmes que nous. Tu parles d'une preuve. Donne-moi un tissu non synthétique ici en plein hiver.

– Les tissus traditionnels autochtones », intervint Robertson sous le regard désapprobateur de son chef, avant que le docteur Harvey ne dissipe le trouble :

« La scientifique a pu intervenir ?

– Non. On n'a pas demandé d'équipe scientifique ; un de nos gars est un peu formé. Ça suffit pour un cas comme ça. Pas besoin de rameuter la cavalerie. Elle était shootée, je parie ?

– Non. Pas de traces de toxiques.

– Enceinte ? insista Roy.

– Non plus. Aucune trace de grossesse passée ou en cours.

– Putain, s'exclama le chef de la police. Y a fallu qu'on tombe sur la seule fugueuse de la réserve qui traînait pas son cul partout. »

Harvey et Robertson le dévisagèrent d'un air indigné.

« Quoi ? objecta Roy. Denis, t'es bien placé pour le savoir. La plupart de ces gonzesses se sont déjà fait engrosser à son âge. Je connais la musique avec ce genre de salopes.

– De jeune fille, corrigea Harvey.

– Tu prends bien des précautions avec ces gens-là.

– Ce que tu appelles des salopes, moi, je les appelle mes patientes.

– Et moi, des cas sociaux qui nous bouffent une grande partie de notre temps. Hein, Robertson ? »

Le jeune flic afficha un visage embarrassé qui n'échappa pas à son chef.

« C'est ça, poursuivit Roy. Tu peux garder le silence, Robertson. Génération du politiquement correct… Mais tu verras d'ici quelques années de service passées à Pointe-Cartier. Tu vas changer d'avis sur ces gens-là.

Toi aussi, tu finiras par en avoir ras le bol d'avoir affaire à eux et puis d'allumer ta télé, le soir, après le boulot et d'entendre tous nos beaux moralisateurs qui voient ça de leur tour d'ivoire et ne fréquentent que les "autochtones" des hautes sphères. Tu vas voir ce que ça fait, à la longue, tous ces discours culpabilisant sur les Indiens alors qu'ils t'ont craché dessus ou t'ont fracassé la gueule lors d'une arrestation parce qu'ils étaient défoncés. »

Le silence pesant qui avait suivi les paroles de Roy fut interrompu lorsqu'on frappa à la porte.

« Oui !

– Excusez-moi, chef, mais on fait quoi de Peter Shehaan ? On approche de l'heure légale et on commence à avoir des partisans de Marie Fontaine qui arrivent devant le poste.

– Relâchez-le. »

Le docteur Harvey en profita pour se défiler après avoir serré la main de Robertson et de Roy. Ce dernier attendit que la porte se referme pour planter ses yeux dans ceux de son subordonné.

« Tu vois ce que je te disais. Ça commence. C'est pas pour rien qu'il y a un gros turnover ici. J'en ai vu passer des jeunes comme toi qui arrivent pleins de bonne volonté avec l'envie de découvrir les Innus et leur culture, et patati et patata. Ils finissent tous par ne plus pouvoir les voir en peinture. Ils repartent le plus vite possible avec la ferme intention de ne jamais remettre les pieds ici et ne plus avoir affaire à eux.

– Et pour Shehaan ? » demanda Logan, indifférent aux états d'âme de son chef.

« On ne peut pas le garder avec si peu d'éléments. Mais on met la pression sur lui. Alors tu me le gardes à l'œil et tu t'en caches pas, qu'il comprenne bien le message.

– Et pour le voisinage ?

– Quel voisinage ? Gariepy a déjà interrogé tout le monde. Ils ne nous en diront pas plus qu'à l'un des leurs. »

Logan se leva.

« Je ne parle pas de ce voisinage-là, mais de celui-ci », fit le jeune policier en montrant la piste forestière menant à la cabane de chasse de Lebel.

« Y a rien à chercher si loin, ordonna Roy.

– Mais la fille a été retrouvée dans le lac. Si elle s'est barrée, c'est sûrement par la route principale qui relie Meshkanau à Pointe-Cartier. Y a pas d'autre voie surtout avec le temps qu'il faisait et en pleine nuit. Et la seule piste praticable entre la route principale et le lac, c'est la piste de la cabane de chasse. Alors on peut toujours demander si…

– Si quoi ?

– J'en sais rien.

– J'étais chez Lebel, la nuit du réveillon, et crois-moi, personne n'a rien vu ni entendu. Ma parole te suffit ou tu veux m'interroger dans la salle d'à côté ? »

Robertson baissa les yeux face au visage menaçant de son supérieur. Il prit le chemin de la sortie, mais marqua ostensiblement un temps d'arrêt devant la carte murale.

21

Peter jouait de la voix et des coudes parmi les Innus présents devant le poste de police quand Michèle sortit à son tour. À travers le flot des mines attristées et des condoléances murmurées, elle se dirigea vers son frère, qui hâtait le pas en direction de sa voiture. Elle courut pour le rattraper.

« Peter ! s'écria-t-elle. Peter ! »

Il poursuivit son chemin sans se retourner.

« Peter, attends ! Tu peux me ramener ? »

Il s'immobilisa, le temps qu'elle se porte à sa hauteur sous les yeux scrutateurs et avides des passants dans cette rue grise et humide de Pointe-Cartier. Ils s'empressèrent de grimper dans son pick-up et prirent la route de Meshkanau dans un silence oppressant. Peter ne présenta pas ses condoléances à sa sœur et ne s'enquit pas de sa douleur. Michèle ne lui demanda aucun détail sur la découverte du corps de son enfant. Entre eux, les non-dits étaient devenus le seul mode de communication possible. Cependant, à la vue du lac, Michèle osa évoquer une partie de son interrogatoire sur laquelle son frère finirait par être questionné :

« J'ai dit à ce flic que je t'avais vu toute la nuit du réveillon.

– Pourquoi t'as fait ça ?

– Parce qu'il me demandait trop de choses sur toi.

– C’est pas étonnant. Tu connais mon casier. T’es vraiment paumée ! Personne ne croira que tu m’as surveillé pendant tout le réveillon. En début de soirée, t’étais déjà complètement bourrée. »

Le silence reprit ses droits tandis que la longue ligne droite menant à la réserve faisait défiler un paysage terne et désolé. Dès que les premières habitations apparurent, Peter explosa :

« Pourquoi t’as fait ça ? »

Malgré la tension dans le corps de son frère et la violence dans sa voix, Michèle resta de marbre. Elle les connaissait bien. Elle les sentait comme une onde incandescente et oppressante qui vous paralyse.

« Hein ? hurla-t-il. Pourquoi t’as fait ça ? Ça rattrapera pas le passé ! Je ne t’ai jamais rien reproché. On était des gosses. Mais après… Putain, Michèle… Après… C’était ta fille !

– Et toi, ta nièce, et ça n’a rien empêché…

– C’est bien ce que je te reproche. Ça et seulement ça. »

La voiture stoppa devant la maison de Michèle. Lentement, elle ouvrit la portière sans un regard, une parole ou un geste. Toujours aussi vaincue et indolente, elle entra chez elle et s’immobilisa devant la fenêtre pour voir le pick-up de Peter partir à toute vitesse. La rage de son frère était perceptible dans les coups de volant brusques et saccadés qui faisaient tressauter le véhicule.

Un souvenir la submergea. Elle resta tétanisée devant sa fenêtre tout comme elle l’avait été dans cette chapelle… Des rumeurs s’étaient répandues chez les filles ; lorsque le Père supérieur est en croix sur le sol de la chapelle, le sacristain pleure en secret. Depuis le regroupement d’été, Peter était celui qui préparait les objets du culte et le Père était souvent vu en prière, la nuit, sur le pavement de pierres froides devant Jésus supplicié.

Alors, une nuit, Michèle s'était échappée du dortoir. Elle s'était rappelé les récits des anciens pour avancer à couvert lors d'une chasse. Elle était devenue une ombre fugace parmi les rares silhouettes qui patrouillaient dans les dortoirs du bâtiment. La petite fille déjouait les lumières et les couloirs. Peu de portes étaient fermées, car ce pensionnat, perdu au milieu d'un territoire isolé, n'offrait que peu d'opportunités d'évasion aux enfants en mal de liberté.

Elle avait continué jusqu'à la chapelle qui séparait le quartier des garçons de celui des filles. De faibles lueurs pointaient dans la noirceur. Elle avait pénétré dans ce puits sans fond. Elle s'était orientée grâce à l'immense croix qui scintillait faiblement comme pour lui indiquer la voie. Ses yeux s'étaient accrochés au visage ensanglanté et penché du Christ. Elle s'était arrêtée quelques secondes face à lui. Elle avait levé la tête et lui avait adressé une prière muette pour qu'il ait pitié de son frère.

Elle avait entendu des murmures au plus profond de la noirceur, là où se situait la porte de la sacristie, où seuls de rares privilégiés pouvaient pénétrer. Elle avait poursuivi jusqu'au trait lumineux qui se dessinait autour de la porte à peine entrouverte. Elle s'était approchée et avait collé son visage. L'éclat soudain de la pièce l'avait aveuglée. Son œil avait cherché frénétiquement à décrypter l'image devant elle. Puis elle avait vu ce qu'elle n'aurait jamais pu concevoir : le Père au visage extatique et au corps nu face au visage supplicié de son frère à genoux.

Le choc l'avait tétanisée ; une vague de chaleur ardente avait engourdi son corps et son esprit tandis que son estomac se révulsait. Elle avait voulu fuir cette vision et les vociférations gutturales du Père, mais elle n'était pas parvenue à se détacher du spectacle traumatique qui se déroulait à quelques mètres d'elle. Seuls le cri de délivrance de l'homme et le geste de prostration de son frère l'avaient libérée de sa sidération.

« À demain, Peter. Tu peux aller te coucher, mais veille à ne pas troubler le sommeil de tes camarades. »

Ces paroles incroyablement douces après l'acte de cruauté qui venait de se dérouler avaient alarmé Michèle, qui cherchait une cachette, car, déjà, le Père se dirigeait vers la chapelle. Elle s'était recroquevillée derrière l'un des piliers près de l'autel et y était restée deux heures lors desquelles elle avait entendu le Père expier son vice, couché sur le sol, les bras en croix, sous le regard du Christ impuissant. Elle avait retenu ses larmes tandis que la scène du viol de son frère défilait en boucle, se superposant à la litanie de prières du Père repentant.

Quand il eut fini, elle avait regagné son dortoir quelques heures avant que le jour ne se lève. Choquée et profondément meurtrie, elle avait déambulé sans vigilance et avait fini par être découverte par une sœur qui avait compris immédiatement que la petite fille venait de l'aile du bâtiment réservée aux garçons. La religieuse s'était ruée sur elle et l'avait saisie par les cheveux :

« Sauvage ! Vicieuse ! »

La sœur l'avait frappée tout en la traînant jusqu'à la chapelle. À l'endroit même où le Père violeur avait demandé à Dieu de lui pardonner, elle avait forcé Michèle à s'agenouiller afin d'implorer l'absolution pour des péchés qu'elle n'avait pas commis, pour un vice qui lui était étranger.

Lorsque l'année scolaire s'était achevée et que les enfants avaient pu enfin retrouver leur famille pour quelques semaines, Michèle s'était portée près de son frère et lui avait saisi la main :

« Peter. J'ai vu. Je sais. »

Ce dernier lui avait adressé un regard mêlé de rage et de peur.

« Tais-toi ! » avait hurlé le petit garçon en la repoussant.

À cet instant, Michèle avait senti la honte et la culpabilité la noyer. Elle ne put plus jamais toucher son frère, parler ou rire avec lui. C'est entourés de non-dits qu'ils avaient retrouvé leur famille et leur réserve. Ils s'étaient tus et personne ne leur avait posé de questions comme si tous connaissaient les horreurs des pensionnats et les avaient intégrées comme une fatalité qui s'abattait sur leur peuple de génération en génération. Un fléau que chacun devait affronter en silence.

Une envie inextinguible de boire ramena Michèle au présent de sa vie. En levant les yeux, elle aperçut une voiture passer devant chez elle. Elle reconnut le flic de la salle d'interrogatoire.

22

Les heures de route s'étaient déroulées dans le doux murmure de la radio qui diffusait une compilation de vieux tubes à destination des rares noctambules à l'écoute. Nathan avait conduit toute la nuit. Il s'était rarement arrêté. Il poursuivait sa route sans se plaindre, comme si sa détermination le rendait imperméable à l'engourdissement de l'obscurité et de la fatigue.

À côté de lui, Alice se blottissait contre la portière et s'assoupissait d'un sommeil entrecoupé de flashs dérangeants où apparaissaient pêle-mêle le visage émacié aux cernes bistres de sa toxico de mère, ceux flous de ses cousins et cousines dont elle ne savait plus rien, celui inerte de sa grand-mère imperméable aux revers de la vie et enfin, celui d'un homme immortalisé sur une photo de mauvaise qualité ; son père, probablement. Celui qu'elle n'avait pas connu parce qu'il était mort dans un accident de voiture peu après sa naissance. Alcool. Ce terme le concernant revenait sans cesse. Mais aussi un autre mot, souvent chuchoté dans sa famille d'accueil : suicide.

Le soleil s'était levé quand elle vit le premier panneau indiquant Pointe-Cartier. Un spasme saisit ses entrailles et un flot d'adrénaline acheva de la réveiller. La radio ronronnait encore. Nathan lui tendit un sachet de beignets et un thermos de café. Il ne prononça aucune parole. Il imaginait qu'Alice devait éprouver un profond malaise à l'approche des lieux de son enfance, de ses mauvais souvenirs et des déconvenues qui pouvaient l'attendre. Il se consola en se disant que, pour aujourd'hui, tout au moins, il n'irait pas plus loin que Pointe-Cartier. La confrontation avec la réserve n'était pas encore à l'ordre du jour. Il lui éviterait ce moment jusqu'à ce qu'elle se sente prête à l'affronter.

Alice voyait défiler des paysages minéraux et austères. La végétation roussie et fanée par le gel et la neige n'offrait pas encore les teintes chatoyantes des photos des dépliants publicitaires. Seule la roche se détachait des eaux bleu sombre. L'entrée et les rues de Pointe-Cartier ne lui apportèrent aucun réconfort. La tension commençait à monter à mesure que les passants se faisaient plus nombreux. Ils se garèrent non loin de chez Axelle.

« On se lance ? demanda Nathan.

– Tu n'as pas peur pour ton père ?

– Et toi ? »

Ils eurent un petit rire qui en disait long sur leur anxiété à affronter la réalité de cette région où ils avaient le pressentiment qu'ils ne seraient pas les bienvenus. Ils sortirent de la voiture, prirent leurs bagages et s'élancèrent dans la rue. Rapidement, Alice éprouva un profond soulagement à la vue des visages qu'ils croisaient ; aucun d'eux n'évoquait le moindre souvenir chez clle, pas plus qu'elle provoquait la moindre réaction chez eux. Elle était partie si petite que tout le monde l'avait certainement oubliée. De toute façon, personne ne la connaissait à Pointe-Cartier et peu d'autochtones étaient présents. Il en irait peut-être différemment à Meshkanau, mais pour l'instant, rien n'était inquiétant et Alice s'apaisa. Néanmoins, ils se dépêchèrent d'entrer chez Axelle, qui fronça les sourcils en découvrant Nathan.

« Salut, Axelle.

– Salut, Nathan. T'es en visite chez ton père ?
– Non.
– Alors tu viens faire quoi au juste si tu ne vas pas voir ton père ?
– Jonathan Cokly, répliqua Nathan ironiquement.
– Quoi ? C'est toi qui as réservé chez moi sous ce nom ?
– Oui, sinon tu m'aurais dit non.
– Alors ça, c'est certain. Tout le monde est au courant du bazar que tu fous devant ton université. Je ne veux pas d'histoire avec ton père ou avec les gens d'ici.
– Tu vas pas nous mettre dehors. On est des clients comme les autres. Si tu fais ça, je peux porter plainte pour…
– Ça va ! Arrête ton baratin d'intello. Pas d'histoire, t'as compris ? »

Tandis qu'Axelle lui tendait le registre, Nathan fit le geste de cracher pour jurer.

« Et tu inscris ton vrai nom ! »

Il rigola tout en écrivant. Puis il déplaça le registre devant Alice, qui resta, un instant, le stylo pointé en l'air. Cette hésitation n'échappa aucunement à Axelle, qui se sentit obligée de préciser sèchement :

« Je suis en droit de vous demander vos cartes pour vérifier votre identité. »

Nathan ne saisit pas l'intérêt de cette remarque contrairement à Alice, qui planta ses yeux durs dans ceux de la commerçante, mais comprit également qu'elle mettrait ses menaces à exécution. Elle nota son véritable nom et rendit le registre à Axelle, qui leur remit les clés de leurs chambres.

« Deuxième étage à droite.
– On peut manger ?
– Oui, le resto est ouvert. C'est là-bas », fit-elle en désignant la porte vitrée qui séparait l'épicerie/réception de l'hôtel de la vaste salle de restaurant.

« O.K. Tu nous réserves un box ? »

Axelle acquiesça et les regarda s'engouffrer dans l'escalier menant aux chambres. Puis elle ouvrit le registre et eut le souffle coupé en découvrant le nom inscrit : « Alice Tremblay ». Elle ferma les yeux en se pinçant les lèvres.

23

Depuis l'arrivée des deux jeunes gens dans la salle de restaurant, Axelle s'était faite très discrète. À la surprise de Nathan, elle avait jeté quelques regards sombres et fugaces à Alice avant de s'éclipser.

« Tu la connais ? » demanda le jeune homme en prenant place dans le box le plus éloigné de la vitrine et des autres tables ; celui qu'Axelle leur avait assigné sans leur laisser le choix de l'emplacement où ils dîneraient.

« Non.

– Pourtant on dirait qu'elle, elle te connaît.

– Je ne vois pas comment.

– Ton nom peut-être. »

Les doigts d'Alice se crispèrent légèrement sur la carte plastifiée du menu. Nathan la dévisagea avec douceur.

« Tu ne veux toujours pas me parler de ta famille ou de ton passé ici ?

– J'ai été placée très jeune. Je n'ai pas de souvenirs de cette époque et plus aucun contact avec ma famille. Voilà. On a fait le tour.

– Tu n'as conservé vraiment aucun contact ?

– Aucun.

– Tu sais au moins si les membres de ta famille sont vivants ou encore à Meshkanau.

– Je n'en sais rien. »

Alice s'enferrait dans ses mensonges. Nathan le voyait, le sentait. Il préféra arrêter cette discussion qui risquait de braquer la jeune fille et de la faire repartir. Il savait que le temps jouait en sa faveur ; Meshkanau et Pointe-Cartier étaient trop proches, trop petits pour que le passé d'Alice ne lui saute pas rapidement au visage. Rapidement certes, mais jamais il n'aurait imaginé si tôt.

Stanley Gariepy faisait son entrée sous le regard interrogateur des quelques clients qui avaient pris place dans la salle. Il sonda rapidement le restaurant et tomba sur le visage de Nathan. Le jeune homme connaissait le policier de la réserve depuis son enfance. En le voyant se diriger vers eux, il comprit aussitôt que leur arrivée était déjà connue dans toute la région, mais aussi pourquoi Axelle s'était évaporée si vite : elle avait prévenu Gariepy.

Face à l'embarras de Nathan, Alice se retourna vers l'objet de ce brusque changement d'attitude. Elle vit un Innu vêtu d'un uniforme de police se renfrogner en découvrant son visage. Il continua de son pas tranquille jusqu'à leur table devant laquelle il se planta.

« Bonjour, Nathan.

– Bonjour, Stan. »

Puis le policier pivota légèrement vers la jeune femme.

« Bonjour, Alice. Tu ne dois pas te souvenir de moi, mais je t'ai connue petite. J'étais là quand ils t'ont emmenée. »

Le regard de la jeune femme se durcit comme pour intimer l'ordre de se taire à cet homme.

« Je ne sais pas ce que vous êtes venus faire ici tous les deux, mais, dans le contexte actuel, je pense que vous allez semer le trouble dans des esprits déjà très échaudés. Toi, Nathan, je me doute que tu viens pour la scierie et Naomi. On suit tes frasques sur les réseaux sociaux. Mais, toi, Alice, je ne pense pas que tu sois ici pour les mêmes raisons. »

Stanley laissa le silence s'installer et constata au visage grave et interrogateur de Nathan qu'Alice ne lui avait rien révélé de son passé et, encore moins, de ses éventuelles intentions.

« Alice, je suis simplement venu te mettre en garde que ce n'est pas le bon moment pour régler tes comptes. Vraiment pas. Il y a déjà trop de gens qui jouent avec le feu ici. Ce n'est pas utile que le passé resurgisse comme ça, pas même pour toi. Je ne veux pas ramasser de nouveaux morts. »

Sur ces paroles, il abaissa le bord de son chapeau et se dirigea vers la sortie au moment où Thomas Lebel, le père de Nathan, entra comme une furie, ignorant Gariepy et le reste de la salle.

« Oh, merde… » souffla Nathan en le voyant se ruer sur lui.

« Pourquoi tu m'as désobéi ? Qu'est-ce que tu fous ici ? »

Nathan vit tous les visages se tourner vers eux tandis que les discussions cessèrent. Il afficha un sourire de défiance à l'adresse de son père qui tonna :

« Arrête de te payer ma tête ! On était d'accord pour que tu restes chez toi. Ne va pas tout foutre en l'air. Il faut attendre que ça se calme avant de reparler de la scierie.

– Mais ce n'est pas pour ça qu'on est venus. C'est pour le meurtre de Naomi Shehaan.

– Quoi ? Qu'est-ce que ça peut te foutre ?

– Tu vois, c'est précisément pour ça qu'on est là. Pour éviter qu'un meurtre de femme autochtone passe encore sous les radars. C'est comme pour la scierie, si on n'attire pas l'attention des médias, Naomi va sombrer dans l'oubli. Et ça, c'est hors de question. Ça a trop duré. On va remuer la merde ! Crois-moi ! »

Sur sa figure, la colère de Lebel se mua en rancœur ; défié et trahi par son propre fils. Il était outré de penser que le nom des Lebel puisse se trouver mêlé, même très indirectement, à une affaire de meurtre et, qui plus est, d'une fugueuse, d'une fille d'alcoolique, d'une fille de rien, d'une Indienne. Comme si elle venait d'apparaître, il détailla la jeune autochtone attablée face à son fils. Cette vision finit de l'achever.

« Et c'est qui celle-là ?

– "Celle-là" comme tu dis est une amie de l'université et elle m'accompagne. "Celle-là" s'appelle Alice Tremblay. »

Thomas Lebel écarquilla les yeux avant de partir en trombe sans se retourner, laissant Alice dans un profond abattement face à ce qu'elle considérait déjà comme une lourde erreur ; celle d'être venue dans ce lieu où elle ne connaissait personne, mais où tout le monde savait qui elle était. Quant à Nathan, il était moins interloqué par la colère de son père que par la réaction de ce dernier à l'énoncé du nom de famille d'Alice :

« Mais c'est quoi le problème avec toi ? »

Elle s'excusa et partit s'enfermer dans sa chambre en se maudissant d'avoir remis les pieds dans cette foutue région de malheur où rien ne pouvait plus l'attendre si ce n'est des fantômes et la haine.

24

Au volant de son 4 × 4, Thomas Lebel fulminait en parcourant la ligne droite qui le ramenait vers sa cabane de chasse. La veille déjà, l'appel de Roy l'avait inquiété :

« À ce qu'il paraît, c'est Peter qui l'a trouvée ?

– Oui. Il est chez nous en ce moment.

– Il a fait quelque chose ?

– Non, mais disons qu'on sait de quoi il est capable.

– Et pour la nuit du réveillon… Enfin, tu comprends… Je n'habite pas loin de l'endroit où elle a été retrouvée. Je suis très exposé en ce moment avec la scierie. Je ne voudrais pas que certains en profitent pour m'impliquer dans cette affaire de meurtre. Et quand je parle de moi, je pense à vous tous aussi… Je n'étais pas tout seul ce soir-là.

– Pas la peine de tourner autour du pot avec moi, Thomas. Je sais très bien ce qu'il faut faire ou pas. Moi non plus j'ai pas envie que mon nom apparaisse où il ne faudrait pas dans ce dossier. J'ai mis Robertson sur l'affaire avec l'ordre d'éloigner l'enquête de Pointe-Cartier et de ta cabane.

– T'es sûr de lui ?

– Tu commences à me faire chier. Qu'est-ce qui t'arrive à paniquer comme ça ? Je te dis que je gère et puis, de toute façon, on était tous ensemble ce soir-là.

– Je pense simplement que, pour nous deux, ça va être plus délicat ; il ne va pas y avoir grand monde pour nous fournir un alibi à partir du moment où les autres sont partis. J'étais seul chez moi, pas loin du lieu où vous avez trouvé le cadavre de la fille. Et toi, tu n'as personne pour prouver que tu es bien rentré à ton domicile.

– Je comprends que tu flippes à cause des liens que tu as avec la famille Shehaan.

– Je n'ai pas de lien avec eux !

– O.K., si tu veux, rigola Roy. Alors, ferme-la et laisse-moi faire. »

En tournant pour s'engager dans la route forestière menant à sa luxueuse cabane de chasse, Lebel vit un véhicule de police arrêté en bordure du lac. Tout en maudissant Roy, il descendit du sien et se dirigea vers le ponton où la silhouette de Robertson se détachait des eaux.

« Hé ! » cria Lebel.

Le corps de Robertson pivota lentement. Son visage était impassible en voyant ce roquet imbu de sa personne s'avancer vers lui de son pas martial. Il n'esquissa pas le moindre mouvement et attendit que Lebel le rejoigne.

« Y a un problème ?

– Bonjour, monsieur Lebel. Non, pas de problème. Je fais juste le tour du lac pour avoir différents points de vue de la zone où on a découvert le corps de Naomi Shehaan. Vous savez qu'on l'a retrouvée ?

– Oui, difficile de ne pas être au courant ! Mais vous ne pouvez pas faire vos observations ailleurs que chez moi ? Comme je l'expliquais à votre chef, j'ai beaucoup d'ennemis en ce moment. Je n'ai pas envie que l'esprit de ces gens-là s'emballe en voyant un uniforme rôder près de chez moi.

– Je comprends, mais le “contexte actuel” ne doit pas empêcher la police de faire son travail. »

Le regard perçant de Robertson fit douter Lebel sur le fait que Roy ne se soit pas trompé sur la docilité de son subalterne.

« Ce n’est pas ce que je voulais dire. Mais je pense que, vu l’étendue du lac, vous avez certainement d’autres points d’observation intéressants en dehors de ma propriété.

– Ah ça oui ! Mais aucun n’est aussi facile d’accès. Il n’y a qu’une seule piste forestière et elle passe devant votre magnifique cabane de chasse. C’est plutôt un chalet d’ailleurs. C’est superbe tout ce bois. On doit s’y sentir au chaud.

– Les nuits d’hiver ou de réveillon, c’est là où vous voulez en venir, n’est-ce pas ? »

Le policier afficha un air perplexe.

« Non… Non. C’est juste que vous avez une belle maison. De toute façon, la nuit du réveillon vous étiez avec mon chef, le docteur Harvey et le maire. Tout le monde le sait. Si vous aviez été témoins de quelque chose, vous en auriez parlé bien avant qu’on découvre le corps. Vous savez qui a trouvé le corps ?

– Oui. Peter Shehaan. Je le savais avant même que Roy m’appelle.

– Ah… Il vous a appelé…

– Oui, il a voulu m’avertir avec tout le remue-ménage près du lac, mais les rumeurs sont allées plus vite que lui. Il m’a dit aussi que vous étiez en charge de l’affaire. Belle marque de confiance. Un vrai tremplin pour votre carrière.

– Oui, un drôle de cadeau et une belle occasion d’apprendre du chef Roy.

– Absolument. Un sacré bonhomme que je connais depuis longtemps. Vous avez de la chance d’être tombé sur un gars comme lui pour débuter dans le métier.

– Pour sûr. Bon, alors, je ne vais pas vous importuner plus longtemps. Merci pour votre aide, monsieur.

– Mais de rien. Je ne vous dis pas à bientôt. Vous comprenez pourquoi, fit Lebel tout en tendant la main à Robertson.

– Oui, oui, je comprends, répliqua le policier en souriant. Je me mets à votre place. »

Tandis que Robertson reprenait la piste forestière, Lebel lui adressa un dernier salut.

*

Logan n'aimait pas le zèle, les héros, les justiciers, les coups d'éclat et les grandes gueules. Il n'avait pas un ego surdimensionné, mais suffisamment d'amour-propre pour refuser d'être pris pour une marionnette. Une force tranquille et non un pauvre type. Un gentil, mais pas un naïf. Discret, mais pas insipide.

Par-dessus tout, il détestait ceux qui trahissaient leur engagement pour couvrir les notables ou les figures politiques du coin. Ils haïssaient les petits arrangements avec la vérité. Jusqu'à présent, Logan avait fermé les yeux et ravalé son amertume envers toutes ces magouilles, mais pas cette fois, pas au détriment d'une gamine.

Alors, peu importait si l'enquête devait s'étendre sur la propriété de « Monsieur Lebel » et gêner sa lutte pour la préservation de son bien, il ferait ce qu'il avait à faire si cela devait apporter ou éliminer une piste dans la résolution du meurtre de Naomi Shehaan pour lequel il ne ressentait aucune affection particulière si ce n'est que Logan était convaincu qu'à cet âge, quels que soient son origine, son milieu social ou son passé, on ne devrait jamais finir à pourrir sous un tas de branches échouées au bord d'un lac.

25

Depuis la découverte du corps de sa nièce, Peter Shehaan ne sortait plus de sa forêt afin d'éviter les questions indélicates et les regards des curieux. Il restait cloîtré dans le tipi dressé devant sa petite baraque en bois. Mais cette réclusion volontaire ne l'empêchait pas de remarquer les allers et retours incessants de la police dans la piste forestière qui menait chez lui, un ballet harcelant pour lui signifier qu'il était plus suspect que témoin.

Depuis des années, séjourner et méditer dans ce tipi suffisait à calmer les vagues de violence qui enflaient dans son esprit et dans son corps ; des souvenirs noirs, des envies de mort envers les autres ou lui-même, un déferlement de haine qui tétanisait ses muscles. Des images plus ou moins récentes de ses accès de fureur que le cadavre de Naomi et cet interrogatoire avaient fait resurgir. Mais tout retour aux idées claires et aux actes raisonnés était désormais empêché par cette police omniprésente attendant de le piéger.

La voiture était de nouveau là. Il reconnut le policier qui l'avait interrogé. Une déferlante de colère le submergea. Il jaillit du tipi et se rua vers la piste. Le flic ne chercha pas à fuir en voyant ce géant aux yeux noirs fondre sur lui. Il eut même l'arrogance de sortir calmement de son véhicule. Il ne recula pas quand la main musculeuse et rugueuse de Peter Shehaan saisit son col et commença à le plaquer contre la carrosserie.

« Vous allez me foutre la paix ! hurla Shehaan. Qu'est-ce que vous voulez ? Me coffrer pour le meurtre de ma nièce ? C'est ça, saloperie ? C'est ça ? »

La douceur avec laquelle Robertson toucha la main appuyant contre sa gorge, déstabilisa Shehaan, qui desserra légèrement son poing. Le jeune policier opposait à ses yeux déments un regard serein et détaché comme jamais personne n'en avait opposé à Shehaan pendant ses accès de rage.

« Bonjour, monsieur Shehaan. Si vous me laissiez respirer, je pourrais vous donner la raison de ma présence chez vous. »

Il relâcha le col du flic sans pour autant reculer.

« Je viens me faire mon idée.

– Vos collègues ont dû vous faire lire mon dossier et vous expliquer que je suis le coupable idéal.

– Oui. Votre dossier, je le connais, mais pas les relations au sein de la famille Shehaan. Il y a beaucoup de rumeurs. »

Peter blêmit. Sa fureur se changea en torpeur.

« Vous voyez de quoi je parle. »

Face au mutisme de son interlocuteur, Robertson poursuivit calmement :

« Votre sœur ne dit jamais rien… Elle ne dénoncerait jamais son petit frère.

– …

– Même si c'était grave.

– …

– Même pour des viols. »

La respiration de Shehaan devint saccadée. Le calme de ce policier le renvoyait à sa propre colère. Un jeu de miroir qu'il fallait inverser.

« De viol, hein ? fit Peter entre ses dents. Vous en voulez des rumeurs. Alors, commencez par vous renseigner sur la mutation et la démission de deux de vos collègues. Dans cette affaire, y avait aussi une fille, une Indienne, mais là y a eu une plainte de déposée. Une plainte pour viol contre la police. »

Pour la première fois, le regard de Robertson se troubla. Shehaan en profita pour faire avancer un peu plus loin le loup dans la bergerie.

« Et puis, autre chose. Et croyez-moi, ça, c'est pas une rumeur, mais un fait : le soir du meurtre de ma nièce, il y en avait du monde sur la route entre Meshkanau, la cabane de Lebel et Pointe-Cartier. »

26

Après son altercation avec Peter Shehaan, Robertson était moins sonné par son empoignade que par la confirmation de ce qu'il soupçonnait déjà : de sales affaires étouffées au sein de la police et la piste de la cabane de Lebel à ne pas écarter dans le meurtre de Naomi. Il savait qu'il allait devoir choisir entre deux voies tout aussi incertaines et risquées l'une que l'autre : soit mener une enquête officieuse en parallèle au risque de se brûler les ailes et de sacrifier sa carrière, peut-être même sa vie ; si Roy avait étouffé sans vergogne et si facilement une affaire de viol avec dépôt de plainte, le faire disparaître ne s'avérerait pas compliqué.

Pas un justicier...

Soit se conformer aux ordres de Roy et finir sa vie avec la conscience souillée et pesante.

Mais pas un salaud non plus... un flic assermenté.

Robertson savait qu'il ne pourrait pas obtenir d'informations au commissariat sans éveiller la suspicion de Roy, surtout si l'affaire de viol était avérée et qu'il était un tant soit peu impliqué dans celle de Naomi Shehaan. Mais une personne pouvait lui en apprendre beaucoup. Le tout était que leur entrevue ne se transforme pas en une rumeur rampant jusqu'au poste de police de Pointe-Cartier.

Il poursuivit sa journée de travail en se conformant strictement aux ordres de Roy à qui il fit son rapport en affichant la plus parfaite docilité et en s'abstenant de mentionner son altercation avec Peter Shehaan. Il demanda l'autorisation de joindre Gariepy concernant l'ex-petit ami de Naomi. Volontairement, Robertson ne parlait plus de la cabane de Thomas Lebel et faisait mine de concentrer ses efforts sur la réserve. Roy lui donna son accord.

Quelques minutes plus tard, Robertson contacta Gariepy :

« Bonjour, Stan, je voulais te demander si je pouvais passer pour éclaircir un détail de ton rapport.

– Je peux peut-être le faire par téléphone.

– Non. Je préfère te voir.

– Ben, écoute, je vais essayer de me libérer.

– Non, je vais passer.

– À la réserve ? »

Robertson sentit la perplexité dans la voix de Gariepy.

« Oui, ne te dérange pas. J'ai encore pas mal de trucs à faire au poste. Si ça ne t'embête pas, je passe vite fait après le boulot. Vers 21 heures. Le temps de me changer. »

À l'autre bout du fil, le silence de Gariepy lui fit comprendre qu'il n'était pas dupe. Il sentait l'incongruité de cette requête et les problèmes qui se profilaient. Robertson s'empressa d'ajouter :

« Mon chef est d'accord. Si tu veux, appelle-le pour confirmer. »

Gariepy hésita quelques secondes, mais il savait qu'aucun flic sous les ordres de Roy ne s'aviserait à s'affranchir de son consentement.

« O.K. Passe au poste de la réserve vers 21 h 30. Mais fais-toi discret ; on n'aime pas trop que des Blancs traînent ici.

– Compte sur moi. »

En fin de journée, Robertson rentra chez lui et se changea. En début de soirée, il prit le chemin de la réserve et honora son rendez-vous avec Stanley Gariepy, laissant ce dernier extrêmement perplexe face à la rapidité de sa visite et à la futilité de ses questions ; soit Robertson méritait sa réputation d'incapable, soit Gariepy venait de lui servir de prétexte pour une magouille quelconque. Mais la réminiscence de Roy le fit opter pour la première solution.

Cependant, Robertson était loin d'être stupide. Il avait bel et bien besoin d'un prétexte pour se rendre dans la réserve afin d'y rencontrer discrètement Marie Fontaine.

En disant au revoir à ses auditeurs, elle l'aperçut dans la pénombre du studio. Sans se départir de son calme, elle éteignit son matériel et se dirigea vers lui sans allumer la lumière, car, apparemment, le policier ne souhaitait pas qu'ils soient vus ensemble.

« Bonsoir, madame Fontaine.

– Monsieur Robertson.

– Je souhaiterais que cette entrevue reste entre nous.

– Je m'en serais doutée.

– Nous et seulement nous. Je me permets d'insister. »

Dans la pénombre, Marie acquiesça d'un signe de tête pour l'inviter à poursuivre.

« Est-il vrai qu'une plainte pour le viol d'une jeune autochtone a été déposée à l'encontre de deux policiers de Pointe-Cartier ? »

Le visage blême, Marie accusa le choc face à cette question inattendue. Robertson comprit aussitôt que cette affaire avait réellement existé.

« Ma démarche n'est pas officielle. En aucun cas, le chef Roy ne doit être mis au courant.

– Pourquoi cet intérêt soudain pour cette affaire ? C'est en lien avec Naomi ?

– Je n'en sais rien, mais… Enfin, je souhaiterais en savoir plus.

– Angeline Beaulieu. C'est elle, la jeune fille violée par Caleb Paris et Clark Alonso.

– Alonso, le policier que j'ai remplacé ? Mais il a été réaffecté suite à une promotion. »

Le sourire de Marie se fit amer.

« Roy avait trop d'ascenseurs à lui renvoyer. Il a truqué les emplois du temps. Il a fait témoigner des policiers de Pointe-Cartier. Il a été blanchi, mais il fallait quand même l'éloigner de la région.

– Et pour Paris ?

– Ah, lui ! rigola Marie dans un sarcasme. Lui, il n'avait pas encore trempé dans grand-chose, alors, ils lui ont fabriqué un faux alibi comme pour Alonso, mais très vite, ils l'ont poussé à démissionner. Je ne sais de quoi ils l'ont menacé, mais il n'est plus là.

– Je peux rencontrer Angeline Beaulieu ou sa famille ?

– Elle est partie, depuis, et sa mère ne vous dira rien. Vous savez, je peux comprendre l'exaspération des policiers, mais je ne peux pas accepter une telle haine à notre encontre… Pas au point de devenir agresseur à votre tour. Pas au point de ne plus nous considérer comme des êtres humains.

– Moi, non plus », souffla Robertson en se dirigeant vers la sortie.

Marie l'interpella juste avant de passer la porte :

« Si vraiment vous n'êtes pas comme eux, alors prenez garde. Ils ne vous laisseront pas faire. »

27

La découverte du corps de Naomi Shehaan, l'attitude étrange de Robertson ainsi que le passé de la réserve resurgissant brutalement avec l'arrivée d'Alice encouragèrent Stanley Gariepy à garder un œil sur Nathan. Si la jeune femme n'était pas réapparue dans les rues de Pointe-Cartier, Nathan avait repris sa voiture, dès le lendemain, pour se diriger vers le lac et plus précisément vers la zone où le corps de Naomi Shehaan avait été découvert. Stanley le vit garer son véhicule et continuer à pied. Il le suivit non loin de l'espace délimité par des rubalises.

« C'est un lieu interdit au public », s'exclama-t-il.

Nathan se retourna et parut agacé.

« Je suis en dehors de la zone interdite par la police.

– Et tu fais quoi ici, au juste ?

– J'essaie de trouver un endroit pour recueillir des messages et des fleurs en mémoire de Naomi.

– Laisse les membres de sa communauté lui rendre les hommages comme ils doivent le faire et ne viens pas mettre ton nez dans des affaires qui ne te regardent pas. Depuis des années, je vous connais, ton père et toi, mais je ne vais pas me gêner pour vous obliger à rester à votre place.

– Pourquoi les gens qui cherchent et disent la vérité dérangent-ils toujours autant ?

– La vérité et ton père ! s'esclaffa Gariepy. Tu veux plutôt dire "sa" vérité en conformité avec "ses" intérêts.

– Je ne parlais pas de lui, mais de moi.

– Qu'est-ce que t'as à gagner dans cette histoire ? Te faire remarquer ? Lancer ta carrière d'avocat avant même d'avoir obtenu ton diplôme ? La scierie et, maintenant, Naomi Shehaan. Tu comptes aller jusqu'où ?

– Désolé de constater que tu es aussi pourri que les autres et que tu es incapable de croire qu'il y a encore de bonnes intentions et de bonnes volontés en ce monde. »

Stanley planta son regard hostile et railleur dans celui du jeune homme.

« Une belle âme… Ah, vraiment ? Alors pourquoi tu as emmené Alice Tremblay avec toi ?

– Elle est d'ici et ça la concerne autant que toi.

– Alors de deux choses l'une : soit tu me prends pour un con et tu aurais tort de poursuivre dans cette voie, soit elle ne t'a pas tout dit et, dans ce cas, demande-toi si elle est venue ici pour les mêmes raisons altruistes que toi. »

Troublé par ces mises en garde contre Alice, Nathan ne put cacher son inquiétude. Il avait emmené cette jeune fille sur un coup de tête, ou plutôt, de cœur, parce qu'au fond il ne savait rien d'elle. Il l'avait connue charnellement une seule nuit avant qu'elle ne lui interdise tout accès à son corps et à sa vie. Il avait insisté pour la rallier à la cause de son peuple alors même qu'elle avait signifié clairement tout le dégoût qu'il lui inspirait. Et maintenant, elle était là, avec lui, au milieu de tous ces secrets. Depuis vingt-quatre heures, elle se terrait dans une chambre d'hôtel.

« Un dernier conseil, Nathan : rentre chez toi. Tout le monde sait que vous êtes là. Certains vont te dire de te mêler de tes affaires d'une manière moins aimable que moi.

– C'est une menace déguisée ?

– Non. Une tentative de sauvetage. »

Au moment où les deux hommes se séparèrent, un groupe d'Innus chargés de bois et de toile vint dresser un tipi près des rubalises qui marquaient l'endroit où le cadavre de Naomi avait été retrouvé. Nathan hésita un instant avant de lancer à l'adresse de Gariepy :

« C'est quoi le problème avec la mort de Naomi Shehaan et le retour d'Alice Tremblay ? »

Un instant, la bande s'immobilisa pour voir qui avait prononcé ces mots. Stanley se retourna :

« Pars vite, Nathan, et emmène Alice avec toi. »

Dix minutes plus tard, un message se propagea sur les réseaux sociaux. Nathan avait joint deux photos : l'une du lieu où Naomi avait été découverte et l'autre montrant l'installation du tipi. Il l'avait accompagné d'un court texte accusant les services de police de vouloir enterrer l'affaire et dénonçant l'omerta générale qui régnait à Meshkanau/Pointe-Cartier.

28

Sans céder aux injonctions de Gariepy, Nathan n'avait cependant pas pris ses avertissements à la légère. Il avait regagné sa chambre après une journée d'errance dans une ville devenue ostensiblement méfiante en sa présence. Il n'avait pas insisté quand Alice avait préféré manger un sandwich afin d'éviter de se montrer au restaurant après le coup d'éclat de Nathan sur les réseaux sociaux. Son père avait essayé de l'appeler plusieurs fois et lui avait laissé des messages à ce sujet. Une fois encore, tout le monde était au courant. Il décida de faire profil bas jusqu'au lendemain. La noirceur des rues qu'il apercevait du haut de sa fenêtre rendait plus palpables les menaces proférées par Gariepy.

Malgré sa détermination à poursuivre, il sentait ce qu'impliquait se battre pour une cause ; loin du romantisme des luttes qu'il avait vécues par récit ou réseaux sociaux interposés, cette nuit-là, perdu dans cette région isolée, il comprenait tout le prosaïsme de la peur lorsqu'on devient la cible d'une menace physique.

Il finit par se coucher et trouva le sommeil après des heures à retourner chaque phrase entendue depuis leur arrivée. Malgré la fatigue, il eut un début de nuit agité jusqu'à ce que des cris l'éveillent. Il mit un moment avant de réaliser où il se trouvait, l'heure qu'il était et l'incongruité de ce remue-ménage. Il se dirigea vers la fenêtre et ouvrit le volet : une voiture, sa voiture, était en feu.

En toute hâte, il enfila un pantalon et son anorak. Il se précipita dans l'escalier, arracha un extincteur dans l'entrée et sortit en trombe. Dans la rue, Alice était figée face au spectacle. Malgré la tentative de la jeune femme pour le retenir, il percuta la bouteille rouge et essaya d'approcher le véhicule en feu. Un retour de flammes lécha sa main et le fit reculer :

« Putain ! Merde ! » hurla-t-il en se tenant le poignet.

Alice s'approcha de lui au moment où les sirènes se faisaient entendre et qu'Axelle fondait sur eux.

« T'es content ? Je t'avais prévenu. On t'a tous prévenu et voilà ce qui arrive, et ce n'est qu'un commencement. Dès demain, je veux que vous quittiez mon établissement, toi et ta copine. Tu peux toujours m'intenter un procès ! »

Les pompiers éteignirent rapidement l'incendie et prirent en charge Nathan :

« Va quand même falloir faire soigner tout ça aux urgences. On va vous accompagner.

– Pas la peine.

– On ne te demande pas ton avis ! »

Derrière lui, la voix du chef Roy surprit Nathan. Depuis son plus jeune âge, le chef de la police de Pointe-Cartier lui avait toujours déplu. Malgré l'amitié qui liait cet individu à son père et ses airs affables en sa présence, il sentait toute la brutalité froide et implacable de cet homme.

« Axelle t'a averti. Ton père aussi. Même Gariepy, si j'ai bien compris. Mais toi, comme toujours, tu te comportes en enfant gâté et tu comptes sur ton vieux pour réparer tes conneries. Mais cette fois, il ne pourra rien faire pour toi si tu continues.

– Je veux porter plainte pour tentative de meurtre. »

Roy partit de son gros rire rauque.

« Je ne connais personne ici qui se serait loupé s'il avait voulu te dessouder. Crois-moi, c'était juste un avertissement. Alors, réfléchis et ne viens pas me faire chier avec tes dépôts de plainte à la con. Si ton père a quelque chose à dire à ça, il sait où me trouver. Va faire soigner ça et barre-toi rapidement avec ta squaw. C'est pas chez vous, ici. »

29

En dépit des va-et-vient quotidiens, le parking de l'hôpital de Pointe-Cartier paraissait surdimensionné. La nuit, le rectangle de béton sans âme était le lieu de récupération des blessés victimes des alcoolisations nocturnes. Aux urgences, quelques hommes en sang attendaient de se faire soigner dans un état d'ébriété avancé tandis qu'une femme au visage tuméfié se tassait à l'écart. Nathan se fit enregistrer auprès de l'infirmière à l'accueil qui lui jeta un regard torve ; elle était déjà au courant pour Nathan, sa voiture et Alice qu'elle dévisageait à la dérobée, derrière l'épaule du jeune homme.

Ils prirent place dans un coin de la salle d'attente et dans l'indifférence des autres infortunés plus préoccupés par leurs malheurs immédiats que par leur présence. L'endroit était dépouillé, peint en couleur crème qui virait au jaunâtre avec pour seules décorations une photo du lac et un tissage innu défraîchi.

Entre les deux jeunes gens, le silence était tenace. Alice se demandait pourquoi elle était montée dans ce camion de pompiers et avait suivi Nathan jusqu'ici. Peut-être pour éviter l'attroupement qui s'était formé autour du véhicule incendié. Peut-être pour ne pas affronter la colère d'Axelle. Ou tout simplement parce que, seule, elle ne se sentait plus en sécurité.

Un homme à l'air calme et légèrement désabusé appela Nathan. Alice lui emboîta le pas.

« Bonjour, Nathan.

– Salut, Denis. Je ne pensais pas te revoir dans de pareilles circonstances.

– Moi, je m'en doutais », fit le docteur Harvey en souriant amèrement.

Une fois de plus, Nathan, qui n'était pas né ici et n'y séjournait qu'en période de vacances, était connu tandis qu'Alice, fille de ces terres qui l'avaient vue naître et partir, n'était reconnue que par son nom de famille. Elle prenait des allures de croquemitaine, de fantôme que tout le monde connaît et craint, mais que personne ne saurait décrire.

« Comme tu t'en doutes, ton père est déjà au courant. Il m'a demandé de te prendre en charge et de te dire qu'il ne viendra pas. Je crois que, ce coup-ci, tu l'as vraiment mis en pétard.

– Je ne lui ai rien demandé.

– Eh bien, tant mieux parce que tu n'es pas près de pouvoir lui demander quelque chose. »

Puis le docteur se retourna vers Alice.

« Mademoiselle Tremblay, je présume ? »

La jeune femme hocha la tête d'un air méfiant.

« Vous étiez bien jeune, la dernière fois que je vous ai vue. C'était à mes débuts dans cet hôpital. »

Encore un inconnu qui en savait plus sur son passé qu'elle-même. Elle était exaspérée. Dès que le jour se lèverait, elle partirait et tenterait d'effacer cette sinistre parenthèse de sa mémoire.

Tout en disposant des tulles gras sur la brûlure de Nathan, le docteur jetait des regards en dessous à Alice, un petit sourire narquois au coin des lèvres. Puis il alla se laver les mains. De dos, il s'adressa à elle :

« C'est une petite communauté ici. Avec son histoire et ses haines. Si vous ne connaissez personne dans la région, mademoiselle Tremblay, ici tout le monde sait pour votre naissance, votre mère, votre père et votre départ. Les révolutions ne sont jamais les bienvenues.

– Alors tu dois connaître toutes les familles de la réserve ? intervint Nathan.

– En effet, ici les femmes autochtones se rendent plus souvent et plus facilement dans les hôpitaux que dans les postes de police.

– C'est-à-dire ?

– C'est-à-dire qu'elles dénoncent rarement un conjoint violent, mais qu'elles viennent quand même se faire soigner ici.

– Pourquoi ?

– Parce qu'en allant à la police, le remède est parfois pire que le mal. Les pensionnats ont laissé des traces dans les mémoires. »

Le docteur se retourna vers Alice.

« Elles ont toutes peur que l'Assistance publique vienne sonner à leur porte pour leur enlever leurs enfants. Alors elles préfèrent se taire et subir.

– C'était le cas de la mère de Naomi ? insista Nathan.

– Non, elle, c'était autre chose.

– Quoi ?

– Je n'en sais rien, mais pas ça.

– T'es légiste. C'est toi qui as dû faire l'autopsie.

– Le secret de l'enquête. Ça évoque quelque chose pour toi ? Et quand bien même, à quoi tu joues ? Au mieux, tu es ridicule. Au pire, tu es dangereux. Au revoir, Nathan. Adieu, mademoiselle Tremblay. »

30

Alice et Nathan ne s'étaient pas adressé la parole depuis l'incendie. À présent, ils s'engouffraient dans la nuit froide de ce début de printemps avec comme seule perspective, celle de devoir rejoindre le centre-ville à pied pour ce qu'il restait de la nuit. Dès le lendemain, ils devraient faire leurs valises sans espoir que quiconque accepte de les héberger et sans moyen de locomotion pour rallier rapidement la capitale.

Côte à côte, sous la lueur blafarde des quelques réverbères, ils entamèrent la traversée du parking pour rejoindre la route principale, leur fil d'Ariane jusqu'à l'hôtel. À travers le nuage de condensation que formaient leurs souffles, ils aperçurent une lumière dans l'habitacle de la seule voiture garée au beau milieu du parking. Une autochtone d'allure confiante et sereine en sortit et patienta près de son véhicule, les mains dans les poches, comme si elle les attendait. Nathan avança avec méfiance. Lorsqu'ils furent suffisamment proches, la femme parla :

« Bonjour, je suis au courant de ce qui vous est arrivé. Je viens pour vous ramener à votre hôtel.

– Merci à vous, mais à qui ai-je l'honneur ?

– Marie Fontaine. »

Nathan ne chercha pas à masquer son soulagement et sa joie ; Marie Fontaine ! La voix qui l'avait convaincu de braver son père. Son icône dans la lutte pour la recherche de vérité sur le meurtre de Naomi et contre le saccage des terres et du passé innus.

« Vous n'imaginez pas à quel point je suis heureux de vous rencontrer. Je vous écoute depuis des mois. Si les choses ne s'étaient pas précipitées, j'aurais tenté de prendre contact avec vous. »

Mais le jeune homme se tut en constatant que Marie Fontaine ne l'écoutait pas. Son regard était bloqué juste derrière lui, là où Alice se tenait immobile et silencieuse.

« Bonjour, Alice.

– Bonjour, maman. »

31

En pleine nuit, sur les routes détrempées, le silence était suffocant dans la voiture de Marie Fontaine. Ni sa fille ni elle n'avaient réussi à échanger d'autres mots que ces salutations froides qui avaient laissé Nathan interdit. Pas de joie, pas de reproches, pas de rires, de pleurs ou de colère. Pas de questions. Juste une envie partagée d'être ailleurs. Marie les avait déposés devant chez Axelle, à quelques mètres de l'épave carbonisée du véhicule de Nathan. Seul le jeune homme remercia Marie, qui repartit aussitôt sans que les deux naufragés puissent apercevoir les larmes qui perlaient sur ses joues usées par la vie.

Dans le hall d'entrée, Nathan ne laissa pas le temps à Alice de s'échapper vers sa chambre.

« Pourquoi tu ne m'as rien dit ?

– Ça ne te regardait pas.

– Tu aurais pu m'avertir. Je comprends mieux tous ces mystères autour de toi et tous ces gens qui sont venus te dire de partir.

– Alors tu es content ! Au moins une affaire que tu as réussi à résoudre ! »

Le regard mauvais, Nathan bloqua les yeux froids d'Alice. Elle non plus ne le prenait pas au sérieux et assimilait sa venue à la croisade d'un enfant gâté en mal de reconnaissance. Alors il était temps de ne plus ménager ses proches. Il reprit d'une voix implacable que ne lui connaissait pas Alice :

« Maintenant tu vas me dire ce que tu comptais faire en m'accompagnant ici.

– Je n'en sais rien.

– O.K., tu veux jouer à ça, alors dès demain, tu te démerdes pour quitter la ville par tes propres moyens », fit-il en lui tournant le dos pour regagner l'escalier menant à leurs chambres. Paniquée, Alice le retint violemment par le bras.

« Tu ne peux pas me faire ça !

– Je vais me gêner !

– C'est toi qui m'as entraînée là-dedans.

– Sans savoir à qui j'avais affaire. Si j'avais su pour ta mère, je n'aurais pas insisté.

– Tu veux savoir quoi ? implora Alice.

– Simplement ce que tu cherches ici. »

Pour la première fois de sa jeune vie, elle fondit en larmes face à un être humain. Nathan hésita un instant avant de la serrer contre lui. Il la laissa épancher cette douleur si longtemps contenue et à laquelle il ne pouvait offrir qu'un hall miteux encore empli des odeurs de l'incendie.

De longues minutes s'écoulèrent avant qu'Alice ne réponde à ses interrogations :

« Je voulais savoir pourquoi elle n'a jamais cherché à me reprendre alors qu'elle s'en est sortie. Juste savoir pourquoi ma mère ne m'aime pas. »

Malgré l'avertissement reçu la nuit précédente, d'un commun accord, Nathan et Alice choisirent de ne pas se cacher. Ils déjeunèrent ensemble devant la baie vitrée d'Axelle, qui ne manqua pas de leur rappeler que sitôt leur repas pris, ils devaient quitter son établissement.

« Qu'est-ce que tu veux faire ? demanda Nathan.

– Repartir le plus vite possible.

– O.K., mais ça ne va pas être simple. Y a pas de gare ou d'aéroport ici. On n'a même plus de voiture.

– Et toi ?

– Franchement, je n'en sais rien. J'ai envie de rester pour Naomi et la scierie. Pour tout ça, rien n'a changé ; il ne faut pas laisser couler. Mais d'un autre côté, j'ai l'impression que ma présence ne fait qu'aggraver les choses. Je ne sais pas ce que j'ai cru en venant ici... Enfin, je me laisse encore quelques jours... De toute façon, il va bien falloir que je voie mon père. Ma voiture, c'était plutôt la sienne. Donc... »

Pour la première fois, Alice esquissa un léger rire. Nathan la contempla un instant pendant lequel il hésita à prononcer la question qui le hantait depuis les dernières secondes qu'ils avaient vécues au retour de l'hôpital.

« Je vais chercher un moyen pour te faire partir, mais... Enfin, je voulais savoir si on pourrait se revoir quand tout sera fini ? »

Alice soupira.

« Mais ça ne sera jamais fini.

– Les histoires entre Blancs et autochtones, peut-être pas, mais nos petites vies ne sont pas condamnées à être malheureuses. Ça dépend de ce qu'on en fera. »

Alice posa sa main sur celle de Nathan. Son regard avait changé. Il espérait que ce geste avait valeur de promesse. Mais soudainement, la jeune femme se décomposa.

Il se retourna et découvrit son père, accompagné de Marie Fontaine, la mère d'Alice.

32

L'animosité réciproque qui animait Marie Fontaine et Thomas Lebel était connue de tous. Depuis le projet de scierie, leur « rapprochement » en avait étonné plus d'un, mais tous s'étaient rendus à l'évidence : il ne s'agissait pas d'une alliance, mais d'une trêve face à une menace commune tellement importante qu'il valait mieux faire front commun plutôt que de se diviser. Les hostilités auraient le temps de reprendre une fois le danger écarté. Concernant la menace que faisait planer la présence de leurs enfants, ils procédèrent de la même logique en s'avançant tous les deux unis dans cette salle de restaurant.

Face à sa fille dont elle ne connaissait rien et encore moins les réactions, Marie laissa, pour une fois, le soin à Thomas Lebel d'entamer une discussion qui promettait d'être compliquée si ce n'était houleuse.

« Bonjour, les enfants. »

Cette façon insidieuse d'imposer un lien d'autorité entre eux fit tiquer les deux jeunes gens qui n'adressèrent pas le moindre salut à leur parent respectif.

« Malgré nos différences, Marie et moi pensons qu'il serait bon que chacun héberge son enfant chez lui en attendant que vous trouviez une solution pour partir d'ici. Une solution rapide.

– Vos “enfants” sont majeurs, rétorqua sèchement Nathan. Arrête de prendre ce ton supérieur avec tout le monde. On n'a pas besoin de vous. »

L'affront que lui faisait subir son fils devant Marie Fontaine provoqua la colère de Thomas.

« Pour qui est-ce que tu te prends ? Sans moi, fini la vie d'idéaliste au cœur pur et au compte en banque bien rempli. Fini l'inconséquence.

– Quelle inconséquence ?

– Ta voiture, par exemple, ou plutôt, ma voiture, qui brûle parce que tu t'immisces sans vergogne dans la vie des gens. Si vraiment tu n'as plus besoin de moi, tu vas savoir ce que c'est que de travailler pour payer tes études, ton appartement, tes plaisirs et réparer tes conneries. Tu vas avoir nettement moins de temps pour "remuer la merde" comme tu le chantes sur tous les toits. Moi, je sais ce que c'est de se construire seul ; je n'ai pas eu ta chance. »

Les invectives entre le père et le fils se poursuivirent tandis qu'Alice détaillait sa mère, qui la contemplait. Chacune était perdue dans son passé et restait indifférente au tumulte environnant. Sur le visage mature et serein, Alice superposait celui de la mère de ses souvenirs, celui d'une femme hagarde au regard vide et à la voix pâteuse. Une silhouette décharnée de toxicomane, toujours flanquée d'un nouveau compagnon. Malgré les années, un sentiment de dégoût la saisit bien plus violemment et nettement qu'au cours de son enfance lorsqu'elle ne comprenait pas que sa maman n'était qu'une épave. À cette époque, elle se réduisait simplement à un être incompréhensible, distant et parfois effrayant. L'aversion était venue plus tard quand, avec l'âge, Alice comprit les notions de choix, d'abandon et de déchéance. S'extirpant de son affligeante contemplation, elle reporta son attention sur la discussion qui faisait rage entre le père et le fils.

« Accepter de venir chez toi ? Pour que tu me le reproches comme tout le reste ?

– Ce n'est pas par grandeur d'âme, mais parce qu'ici personne ne voudra t'héberger et que tu n'as même pas une voiture pour passer la nuit ou partir. Personne n'aime les donneurs de leçon et les chevaliers blancs qui tombent du ciel avec leurs bonnes intentions et leur grande gueule comme solutions aux problèmes concrets que rencontrent les gens. Mais, j'ai quand même à cœur de ne pas voir mon fils dormir dans la rue. Donc, tu viens au cabanon et Alice, chez sa mère.

– Vous m'hébergeriez ? » lança Alice brusquement. La dispute s'arrêta instantanément, laissant Marie Fontaine dans une torpeur et une honte insondables. Ce désamour profond, ce rejet violent n'échappèrent pas à Thomas Lebel, qui entrevit la petite victoire qu'il pouvait remporter sur sa vieille ennemie. Il fut également le premier à briser le malaise général :

« Bien entendu. Vous êtes la bienvenue. »

33

Depuis trois jours, la mort dans l'âme, Nathan avait décidé de suivre Alice dans la luxueuse « cabane » de son père, moins par envie que pour rester auprès de la jeune femme que Lebel tentait d'éblouir par le faste moderne de son habitation, les excellents mets qu'il leur offrait et son éloquence.

Pendant que Nathan sillonnait Pointe-Cartier afin de trouver une solution pour quitter la région, la jeune femme se complaisait dans cette opulence qu'elle n'avait jamais connue. Elle se surprenait à se délecter du moelleux et de la qualité des serviettes de bain et des oreillers, des aliments hors de prix qu'elle n'avait jamais goûtés auparavant, de sa salle de bains privative digne d'un hôtel de luxe. Comme beaucoup d'autres avant elle, Alice était sous le charme de la vie de rêve que Thomas Lebel daignait offrir à ses obligés. L'esprit et les manières enjôleuses de cet homme parachevaient l'illusion dans laquelle il maintenait ses victimes.

Si Alice se laissait bercer par les mirages créés par Thomas Lebel, son fils le connaissait trop bien pour ne pas entrevoir ses manigances visant à conserver un avantage psychologique sur Marie Fontaine. Il avait essayé de mettre en garde Alice, qui lui avait affirmé comprendre mieux que quiconque l'animosité d'un enfant envers ses parents, mais qu'elle ne partageait pas les mêmes relations avec « Thomas ». Elle avait également ajouté :

« Si tu avais eu mon enfance et ma vie, tu comprendrais mieux la chance que tu as en dépit des défauts de ton père. Il t'aime et ferait n'importe quoi pour te rendre heureux. Moi, je ne sais pas ce que cela veut dire. »

Alice vivait recluse dans cette cabane et semblait moins pressée de quitter la région, mais Nathan savait que le joli rêve allait bientôt s'achever.

« Alice, j'ai peut-être trouvé quelqu'un qui accepte de nous conduire jusqu'à l'aérodrome pour prendre un Cessna et rejoindre un aéroport.

– Ah…

– Tu m'entends ?

– Oui, j'ai compris.

– Et ?

– Et quoi ?

– Tu ne vas pas rester éternellement ici. Tu ne crois pas que mon père va t'offrir cette vie de princesse jusqu'à la fin des temps. Tu voulais partir, j'ai trouvé une solution. Moi aussi, je décampe. Les cours vont bientôt reprendre et je n'ai fait que me ridiculiser en venant ici. Mais je peux aussi partir seul et te laisser en tête à tête avec mon père si tu préfères.

– Pas la peine d'être blessant.

– Le type veut nous voir pour caler une date de départ. On a rendez-vous dans une heure. »

Alice était attristée de voir la réalité resurgir au moment où elle en avait le moins envie. Nathan lui prit les mains sans qu'elle se dérobe.

« Ne te laisse pas avoir. Tout ça c'est un miroir aux alouettes. Si mon père ne te veut pas de mal, il ne te veut aucun bien pour autant. Il est vraiment temps de partir. »

Alice acquiesça et ils prirent la route de Pointe-Cartier.

Nathan roulait prudemment afin de ne pas abîmer l'un des pick-up que son père avait consenti à lui prêter ; après d'âpres négociations, Thomas Lebel avait accepté à condition que son véhicule soit dédié exclusivement à la recherche d'un moyen de quitter la région au plus vite.

En tournant dans une ruelle menant au fameux pilote de Cessna, Nathan fit une embardée afin d'éviter une jeune fille qui manqua de s'écrouler devant ses roues. Après quelques secondes leur permettant de reprendre leurs esprits, Alice et Nathan sortirent de la voiture et aidèrent l'inconnue à se redresser. Tel un poids mort, elle ne tenait plus sur ses jambes. Elle prononçait des phrases décousues et ses yeux s'égaraient. Un regard qu'Alice identifia immédiatement malgré les années. Elle chercha autour d'elle et aperçut un sac à quelques pas de la fille. Elle s'en empara, l'ouvrit, le sentit, eut un mouvement de recul et le tendit à Nathan.

« Colle. Elle est shootée à la colle. Pas cher, facile à trouver et terriblement efficace », fit Alice en opposant un air dégoûté à la jeune droguée.

« Aide-moi, lança Nathan en épaulant la malheureuse jusqu'à la voiture. On va la conduire à l'hôpital. »

Ce mot provoqua une réaction hystérique et inattendue au vu de l'état apathique de la toxicomane, une seconde auparavant. Elle tenta de repousser Nathan et vociféra des menaces à peine compréhensibles.

« O.K., O.K., fit Nathan. Pas d'hôpital. Ailleurs, alors ? »

La fille se calma un peu.

« Chez toi, si tu veux ? »

La droguée tanguait encore, mais ne parlait plus.

« Tu habites où ? Pointe-Cartier ? »

Elle ne régissait plus. Elle se perdait dans ses délires intérieurs. Alice lui tendit le sac de colle avec dureté. Elle se précipita dessus. Alice la repoussa sans ménagement sous le regard interloqué de Nathan.

« Le sac, c'est après, tonna Alice méchamment. T'habites la réserve ? Tu réponds ou je balance ta merde !

– Meshkanau, marmonna la fille.

– C'est là que t'habites, c'est ça ?

– Meshkanau, radio. »

Le visage d'Alice se révulsa au point que Nathan lui reprit le sac des mains et le remit à la droguée.

« Tu veux aller à la radio de Meshkanau ? Tu veux voir Marie ? »

La toxico lui adressa un sourire imbécile.

Rageuse, Alice n'aida pas Nathan à embarquer cette épave, mais sa colère vainquit toutes les appréhensions qu'elle avait éprouvées à l'idée de retourner à Meshkanau.

34

Dans la voiture, la toxicomane délirait. Quand ils franchirent le panneau d'entrée de la réserve, Nathan s'abstint d'interroger Alice sur ses sentiments. Entre les maisons, la neige avait laissé place à des étendues boueuses couvertes de lichens aux couleurs ternes. Dès leur arrivée, les regards suivirent cette voiture étrangère à Meshkanau. Lorsque Nathan s'arrêta pour demander son chemin, l'homme jeta un regard suspicieux à Alice. Ils reprirent leur route, croisant les mêmes visages interrogateurs jusqu'à ce qu'ils se garent devant le bâtiment où œuvrait Marie Fontaine.

« Tu m'accompagnes ou tu préfères attendre dans la voiture ?

– Je viens, mais c'est toi qui expliques pour ça », fit Alice en pointant avec mépris la jeune droguée affalée sur la banquette arrière. Elle attendit que Nathan ouvre la portière et aide la passagère à rejoindre l'entrée de la station radio. Par la baie vitrée, Marie Fontaine les avait aperçus et se portait déjà à leur rencontre.

« Bonjour, entama Nathan. On a failli l'écraser dans une rue de Pointe-Cartier. Visiblement, elle s'est shootée à la colle. Elle n'a pas voulu qu'on l'emmène à l'hôpital. Elle voulait venir ici. »

Sans la moindre réaction, Marie commença à parler à la fille en langue innue. Comme si ces paroles avaient un effet magique, elle s'apaisa. Elle acquiesça à tout ce que disait Mme Fontaine. Lorsqu'elle recouvra son calme, la mère d'Alice partit téléphoner.

Cinq minutes plus tard, Stanley Gariepy pénétra dans la station et marqua un temps d'arrêt en découvrant les deux jeunes gens. Il préféra ne pas s'appesantir ; il échangea quelques mots avec Marie dans leur langue et repartit avec la droguée.

« Il l'arrête ? s'offusqua Nathan.

– Non, il va la reconduire chez elle et parler à sa famille. Ici, la police accompagne plus qu'elle ne sanctionne. Merci de l'avoir ramenée.

– De rien, même si ça m'a étonné.

– Quoi donc ?

– Qu'elle veuille venir à la radio.

– Je m'occupe de ces jeunes à la dérive. Je cherche des solutions avec leur famille et j'organise des séjours en forêt pour des adolescents comme Emma ; un retour à la nature et à nos origines pour faire le point, prendre du recul. C'est pour ça qu'elle me fait confiance. »

Les vieux démons de Nathan resurgirent malgré son départ imminent.

« C'est ce qui s'est passé pour Naomi Shehaan ?

– Pas tout à fait, mais ça revient plus ou moins au même. Emma Riverin n'a pas toujours été comme ça », fit Marie en regardant le visage de sa fille pareil à celui d'un juge prêt à prononcer une condamnation à mort. Elle poursuivit en fixant Alice comme si ce message lui était personnellement destiné, comme s'il avait valeur de parabole.

« Emma a grandi dans une famille précaire comme beaucoup ici. Tout a basculé quand sa sœur aînée est partie pour l'université. C'est Emma qui a pris sa place pour aider sa mère à la maison. Mais elle n'était pas comme sa sœur. Elle a décroché à l'école. Elle est restée chez elle à s'occuper du ménage et de ses frères et sœurs, à s'abreuver de séries à la télé et d'Internet.

– Je comprends.

– Non, je ne crois pas, parce que, sur ces écrans, on ne raconte pas de success-stories avec de jeunes autochtones sans avenir dans des régions paumées. On ne fait pas de belles histoires avec des dimanches à l'église et des soirées à jouer au bingo. On ne parle pas de l'engrenage du défaitisme et de la honte d'être Indien. Pour la plupart, il n'y a pas de happy end, mais la violence, l'alcool ou la drogue pour fuir tout ça.

– Et abandonner ses propres gosses ! » s'écria violemment Alice avant de s'enfuir précipitamment.

Malgré son malaise, Nathan s'excusa pour elle sans oser regarder Marie.

« Ce n'est pas à vous ni à elle de vous excuser. J'aimerais tellement lui expliquer que je l'aime même si la vie, enfin…

– Nous allons bientôt repartir… Je ne suis pas certain qu'elle revienne.

– Si seulement… j'avais tellement de choses à lui dire. »

35

Robertson avait fini par trouver une bonne dizaine de « Caleb Paris », homonymes de l'ex-policier poussé à la démission après le présumé viol étouffé, évoqué par Peter Sheehan et confirmé par Marie Fontaine. Avant de se rendre au poste de police et après avoir dérangé six Caleb Paris furieux d'être réveillés à une heure si matinale, il avait fini par mettre la main sur son ancien homologue. La discussion fut brève ; après avoir décliné son identité et la raison de son appel, Robertson n'avait entendu que la tonalité résonner sans fin dans le combiné.

En arrivant au poste, l'effervescence régnait. Entre deux cafés, Robertson comprit que la voiture du fils de Thomas Lebel avait été incendiée suite au coup d'éclat du jeune homme sur les réseaux sociaux. Comme pour Naomi, le chef Roy estimait l'affaire dérisoire et classée. Se sentant en parfaite immunité, il paradait au milieu de ses troupes :

« Bien fait pour ce petit connard d'intello de mes deux. Je lui ai mis les points sur les i. Il est pas près de recommencer à envoyer des messages à la terre entière en nous traitant d'incapables.

– Ouais, mais son père ? demanda l'un des hommes.

– Il est d'accord avec moi. Juste un papier pour l'assurance et stop. Il a d'autres sujets de préoccupation en ce moment avec la scierie et son emmerdeur de gamin à dégager. Ce merdeux squatte chez lui avec son Indienne. En plus, lui et moi, on est de vieux amis. »

De vieux amis...

Robertson comprenait ce que ce genre d'amitié signifiait pour des gens tels que Lebel et Roy : petits services pour grosses magouilles dans cette région perdue dont tout le monde se fichait et sur laquelle ils régnaient en petits despotes locaux, avec quelques autres « amis ».

« Et puis, Lebel n'est pas dupe. Il connaît la musique… Ici, y a des choses qui se règlent à l'ancienne quand il est question d'honneur. »

Les hommes partirent d'un éclat de rire général et tapèrent sur l'épaule de leur chef avant de retourner à leur travail. Tout le monde avait compris qui avait ordonné à quelques « fidèles » de tenir le jerrican d'essence et l'allumette. Une punition pour avoir sali l'honneur de la police de Pointe-Cartier avec l'assentiment du propre père de la victime. Robertson estimait qu'il s'agissait moins d'honneur que d'un sérieux avertissement à l'encontre de quiconque voudrait mettre son nez dans les affaires de Roy et de sa clique. Quant à l'assentiment de Thomas Lebel, combien de services lui avait rendus Roy pour accepter une telle violence envers son propre fils ? Alors Robertson engagea la conversation avec un des affidés de son chef :

« Il a dit quoi le gamin de Lebel pour mettre le boss en pétard comme ça ?

– T'as pas vu ?

– Tu sais avec l'affaire de la gamine retrouvée par Shehaan… »

D'un air profondément compréhensif, le policier lui fit signe d'attendre tout en pianotant sur son portable.

« Ben tiens, justement, fit-il en lui tendant l'appareil. Lis un peu ce que ce putain de gosse de riche a écrit sur nous. »

Robertson consulta le message et les photos envoyés par Nathan près du lac après sa rencontre avec Stanley Gariepy. Il prit soin de jouer l'indignation :

« Oh, l'enfoiré !

– Comme tu dis.

– Mais, si j'ai bien compris, son père l'héberge malgré tout. »

Le policier haussa les épaules avec fatalisme.

« Qu'est-ce que tu veux que je te dise ? Axelle les a foutus dehors, lui et sa squaw. Lebel, c'est un type bien ; il pouvait pas laisser son gosse à la rue. »

36

Le pilote de Cessna avait appelé afin de fixer un nouveau rendez-vous concernant les modalités de départ de Pointe-Cartier/Meshkanau. Nathan venait de raccrocher lorsque Alice et lui virent une voiture de police s'arrêter devant la cabane des Lebel. Un jeune homme en sortit et frappa. Nathan ouvrit la porte d'un air inquiet.

« Bonjour, monsieur Lebel. Je suis l'agent Robertson.

– Bonjour… Si vous voulez voir mon père, il est absent. »

Le policer balança sa tête avec un sourire gêné.

« Non. À vrai dire, monsieur, je sais qu'il assiste à une réunion pour la scierie.

– Alors qu'est-ce que vous voulez ?

– J'ai appris pour ce qui vous est arrivé avec votre voiture et je voulais savoir si vous alliez bien ?

– Ça va, merci, répondit sèchement Nathan. C'est vous qui êtes en charge de l'enquête ?

– Pas exactement, répliqua Logan, faussement embarrassé.

– Parce qu'il m'avait semblé que Roy ne comptait pas lever le petit doigt pour retrouver l'auteur de cet incendie.

– Ça, je sais pas trop. »

Nathan sentait de nouveaux ennuis se profiler avec cet étrange policier.

« Arrêtez de me prendre pour un con, qu'est-ce que vous êtes venu foutre ici ?

– Je vous l'ai dit, prendre…

– O.K., le coupa Nathan, j'appelle mon père !

– Pour tout dire, je préférerais qu'il n'apprenne pas que je suis venu. »

Soucieuse, Alice regarda Nathan, qui se renfrogna :

« Et pour quelle raison ?

– En fait… il a tant de responsabilités et de détracteurs avec tous ses engagements que votre père n'aime pas trop qu'on me voie près de sa maison. Et je comprends.

– Moi, pas ? fit Nathan avec agacement. Vous êtes qui au juste ? »

Pour la première fois, le visage du policier se départit de son air d'idiot naïf.

« Je suis le policier en charge de l'enquête sur Naomi Shehaan, morte la nuit du réveillon que votre père a passé ici même, avec plusieurs de ses amis. »

Alice et Nathan restèrent interloqués, ne sachant pas si la présence de cet homme constituait une menace supplémentaire après le post concernant l'inefficacité de la police diffusé par Nathan ou s'il tentait de faire passer un message à l'une des rares personnes se préoccupant encore de la mort de Naomi Shehaan.

« Mais ne vous inquiétez pas, renchérit Robertson. Le chef Roy était présent chez votre père le soir du meurtre. L'enquête ne s'orientera jamais par ici. Alors il est inutile de faire part de ma visite à qui que ce soit. »

Face à la stupeur de Nathan, qui venait de saisir le sous-entendu, Robertson lui tendit une carte de visite.

« Tenez ! En cas de besoin, vous pourrez toujours me contacter. »

Déstabilisé, Nathan s'empara de la carte et la contempla comme si elle était écrite dans une langue inconnue.

« Enfin… Moi ou le chef Roy. À vous de voir. »

Sur ces mots, Robertson repartit aussi vite qu'il était venu. Désemparé, Nathan se tourna vers Alice.

« Qu'est-ce que je dois comprendre ? lui demanda-t-il.

– Qu'il est temps pour nous de quitter ce panier de crabes. »

37

Alice finissait de ranger sa valise quand Nathan frappa à la porte de sa chambre.

« Entre !

– Tu as un instant ?

– Oui.

– Tu sais à la radio avec ta mère quand tu es partie ? »

Le visage d'Alice se crispa.

« Eh bien, on a parlé deux minutes. Elle m'a dit qu'elle aurait beaucoup de choses à te dire si…

– Stop ! Je t'arrête tout de suite. Venir ici a été une énorme connerie pour toi comme pour moi. Je ne sais pas ce qu'on espérait, mais ton père a raison ; on s'est comportés comme des gosses. »

Le jeune homme soupira et ouvrit la bouche pour s'emporter contre les propos d'Alice quant au discernement de son père, mais elle ne lui en laissa pas le temps.

« Que tu le veuilles ou non, il a raison là-dessus. Mais regarde-nous ! Tu repars après t'être mis tout le monde à dos, même des gens qui te connaissent depuis que t'es gamin. Sans rien avoir fait pour Naomi et même, sans voiture. Quant à moi, j'ai retrouvé ma mère devenue une sainte qui sauve des jeunes en perdition, mais qui ne m'a pas adressé le moindre mot d'excuse. Qu'est-ce que tu crois que ça fait quand tu vois ta mère s'occuper des autres alors qu'elle a tiré un trait sur toi ? Alors peu importe ce qu'elle a à me dire, je préfère en rester là.

– Et pour ton père ?

– Quoi mon père ?

– Tu ne veux même pas savoir ?

– C'était un alcoolo et il est mort. Ça me suffit ! »

Intrigué par les éclats de voix, Thomas Lebel monta s'assurer que leur départ n'était pas remis en question.

« Tout va bien ? »

Surpris, les deux jeunes gens se turent. Alice se remit à plier des pulls déjà rangés.

« C'était qui l'alcoolo mort ?

– Mon père, marmonna Alice.

– C'est votre mère qui vous en a parlé ? »

Elle se retourna et vit Thomas Lebel en proie à une forte hésitation.

« Pourquoi, il y a un problème avec mon père ? »

L'homme soupesa un instant les avantages et les inconvénients de parler d'un tel sujet, la veille du départ de la jeune femme. Nathan le fixait intensément. Son père connaissait le père d'Alice, mais pourquoi tant de nouveaux mystères alors que la partie s'achevait.

« Non, rien. Je ne l'ai pas connu. Juste aperçu une ou deux fois avant l'accident. »

Le père de Nathan s'excusa de ne pas pouvoir dîner avec eux et les quitta aussitôt.

*

Thomas Lebel n'assista pas au décollage du Cessna emportant Nathan et Alice. À l'instant où les roues de l'avion quittèrent le sol, Robertson entrait dans le bureau de Roy ; ce dernier était en furie : Caleb Paris avait eu la loyauté de l'avertir de l'appel d'un certain

« Logan Robertson » au sujet de l'affaire qui lui avait valu son renvoi.

À présent, Logan était certain que le viol avait réellement eu lieu et que l'affaire avait été si bien étouffée qu'un homme poussé à la démission conservait encore une dette envers celui qui lui avait fait perdre son emploi, mais lui avait temporairement évité la prison. Robertson fit profil bas et s'en tira avec la promesse d'être assigné à toutes les missions ingrates et de n'obtenir aucun avancement tant que Roy serait chef de la police. L'affaire Shehaan lui était retirée. Tous les participants au réveillon de la nuit de l'assassinat en furent avertis.

*

Face au lac et au paysage minéral, Thomas Lebel raccrocha. Son fils avait abdiqué. Roy tenait ses hommes et l'enquête d'une main de fer ce qui éloignait tout risque de la voir s'intéresser à lui. L'affaire Naomi était définitivement enterrée.

Thomas Lebel soupira et reprit le cours de sa vie comme si l'issue de cette nuit de réveillon n'avait jamais existé.

TROISIÈME PARTIE

LA FORÊT

38

Durant l'été, lors d'une intervention, Logan s'était brisé le poignet et avait été transporté aux urgences de l'hôpital de Pointe-Cartier. Pendant que le docteur Harvey finissait de l'ausculter, le policier brûlait d'interroger cet homme présent chez Lebel, le soir du réveillon. Harvey le comprit d'autant qu'il savait que Robertson avait été relevé de l'enquête. D'une voix tranquille, il chuchota :

« Je n'ai rien à cacher. Cette nuit-là, j'étais chez Lebel comme tous les ans ou presque. Je vois que vous n'arrivez pas à tourner la page, alors je vais essayer de vous y aider à condition que tout cela reste entre nous.

– Vous avez peur de Roy ?

– Non, mais c'est un ami. Pas très intime, certes, mais on bosse souvent ensemble. J'ai appris à composer avec sa "personnalité".

– Et Lebel ?

– Quoi que vous en pensiez, Lebel est un type bien. Pas exempt de défauts et parfois un peu… autoritaire, mais un type bien. Croyez-moi.

– Alors ? Qu'est-ce que vous vouliez me révéler ?

– Rien. Justement, rien. Personne n'a rien vu ou entendu. Le chef Roy est parti en premier. Je l'ai suivi peu de temps après pour me rendre à l'hôpital. Quant à Lebel, il a raccompagné le maire, qui ne voulait pas entendre raison et rester dessoûler à la cabane. Vérifiez auprès de mes collègues et de la femme du maire.

– Mais pour Roy et Lebel, personne pour confirmer.

– Vous ne pouvez pas leur reprocher d'être veuf et célibataire.

– Et Naomi ?

– Le maire, je ne sais pas s'il la connaissait. Lebel, c'est sûr, car il a souvent affaire aux Shehaan. Roy et moi, idem. On a été amenés à la rencontrer dans le cadre professionnel. Je l'ai parfois vue passer en consultation. Il y a si peu de chose à dire. Son histoire ressemble à celles de beaucoup de jeunes autochtones de la région. Elle dérivait tout doucement vers l'alcoolisme et la drogue. Je ne devrais pas dire cela, mais, malheureusement, c'est peut-être mieux que son chemin de croix se soit très vite arrêté. Alors…

– Alors quoi ? On laisse tomber parce que sa vie valait peut-être moins que celle de son assassin. Vous, en tant que médecin, vous cautionnez ce genre de hiérarchie ?

– Non, bien sûr que non, rétorqua Harvey, offusqué. Mais si vous saviez les horreurs auxquelles nous sommes confrontés ici.

– Et vous croyez qu'elles sont différentes de celles que rencontre un flic ? »

La consultation s'était achevée ainsi. Depuis, Logan faisait régulièrement des balades dans les bois bordant le lac. Sur le lieu de la découverte du corps, il apercevait souvent Peter Shehaan procéder à des rituels en mémoire de sa nièce. Invariablement, sur le chemin le ramenant chez lui, Logan aboutissait à la même conclusion : une seule issue pour quitter la réserve et une seule piste la reliant au lac, celle conduisant à l'habitation de Thomas Lebel à l'endroit d'où quatre hommes avaient rejoint cette unique route qu'avait très certainement empruntée Naomi, à moins que…

l'image de Peter Shehaan l'obsédait. À moins que Roy ait raison et qu'elle ne soit jamais sortie des limites de la réserve.

Mais quelle importance désormais, les outardes étaient réparties de Meshkanau/Pointe-Cartier et la neige avait recouvert les paysages et les traces de Naomi Shehaan dans les mémoires. Même Marie Fontaine n'était plus aussi virulente : les retrouvailles catastrophiques avec sa fille l'avaient profondément atteinte, alors elle s'était lancée à corps perdu dans la lutte contre le projet de scierie qui avait repris. Ce combat, quant à lui, ne souffrait aucune attente.

Logan ne s'en offusquait pas, il savait que les urgences des vivants l'emportent toujours sur celles des morts. Il pressentait que Naomi serait son échec, sa croix qu'il emporterait dans la tombe. Il finirait par ne plus penser à elle quotidiennement, mais il était certain que son souvenir continuerait à resurgir dans sa vie sans crier gare, comme un fantôme en colère. La prophétie de Nathan s'accomplissait : Naomi avait rejoint les statistiques des meurtres non résolus de femmes autochtones.

39

Sitôt Naomi et l'enquête enterrées, Nathan et Alice repartis comme deux gamins honteux, Lebel avait repris le combat contre la scierie ; en effet, les agents institutionnels et l'entreprise en charge de ce projet avaient estimé qu'ils pouvaient enfin se rendre sur les lieux sans se voir reprocher leur manque d'égards envers la jeune fille assassinée. Ce meurtre qui les avait inquiétés dans un premier temps, avait été « brillamment » géré par la police et vite tombé aux oubliettes. Désormais, place aux affaires !

Présentations et invectives, discussions et manifestations, négociations et blocage des routes. La tension était montée crescendo au fil des saisons. En ce mois de décembre, les provocations s'enchaînaient de part et d'autre jusqu'à leur apothéose avec l'arrivée d'une tractopelle dans la zone d'implantation la plus éloignée de Meshkanau/Pointe-Cartier, dans une plaine en bordure des riches forêts. Un lieu maudit par les habitants, car on pouvait encore discerner, au loin, la silhouette du bâtiment de la honte et de la discorde qui se délabrait au fil des ans : celle de l'ancien pensionnat. L'entreprise et le gouvernement ne l'ignoraient pas. Cet emplacement leur paraissait le plus approprié pour éloigner les importuns et montrer leur détermination à imposer ce projet.

*

Un matin, l'animal fit son retour. Le jeune caribou qui avait contemplé et accompagné Naomi dans la mort avait grandi et se tenait à la lisière du bois. Il humait l'air glacial et flairait le regain de folie des hommes. Dans la neige immaculée, il gratta le sol à quelques mètres de la mâchoire de l'engin de chantier qui, dans moins de dix heures, rouvrirait des plaies béantes d'où finirait par resurgir le fantôme de Naomi Shehaan.

*

Dans la lumière déclinante du soir, les ouvriers du chantier s'étaient éloignés et attendaient qu'on les autorise à partir. Les policiers de la réserve et de Pointe-Cartier, Stanley Gariepy et Samuel Roy, se contemplaient avec le regard de ceux qui ont déjà compris la catastrophe en marche tandis que les deux maires se consultaient pour décider de la meilleure stratégie à adopter. Contacté, Lebel n'avait pas jugé sa présence nécessaire. Seule Marie Fontaine était penchée au-dessus de l'excavation réalisée dans la terre de ses ancêtres.

Elle n'avait pas besoin d'analyses ou d'expertises pour comprendre ce qui s'étalait sous ses yeux : des ossements. Petits. Humains. Elle se releva lentement et son regard se perdit dans l'horizon presque noir où erraient des vapeurs blanchâtres. Dans le froid glacial, seule l'ombre du pensionnat se détachait, plus sombre encore. Maintenant, elle savait où avaient disparu certains de ses camarades. Ils n'avaient jamais fugué comme les religieux l'avaient annoncé. Ils n'avaient même pas quitté leur terre sacrée. Ils reposaient près de l'endroit où, quelques années plus tard leur peuple serait déporté ; dans la nouvelle réserve construite non loin de là, à Meshkanau.

Dans moins d'une heure, Marie demanderait l'arrêt du projet par respect pour ces morts. Dès le lendemain matin, elle serait accusée de manipuler odieusement des drames comme le meurtre de Naomi Shehaan et ces étranges tombes dont rien ne prouvait qu'elles soient en lien avec le pensionnat. Mais, avant que la lutte politique ne reprenne ses droits, Marie s'empara de son téléphone et envoya un message à Peter et Michèle Shehaan.

Ils ont retrouvé les corps des autres.
Ils sont si nombreux.

*

Lorsque Peter reçut ce message, il n'eut aucun doute sur ce que sous-entendait Marie par « les corps des autres ». Parmi eux, devait reposer Jolan, âgé de 6 ans. Peter sentit le voile de violence brouiller son regard. Acculé par la fureur qui menaçait de le submerger, il jaillit de chez lui, courut dans la neige et entra dans le tipi. Il s'allongea sur le sol tapissé de branches d'épicéa et ferma les yeux. Il était trop tard. Bien malgré lui, il était déjà reparti dans le dortoir de ce pensionnat infernal.

Tout comme Peter, Jolan pleurait chaque soir, mais pour d'autres raisons. De faible constitution, l'enfant supportait mal la sous-alimentation chronique qui sévissait dans l'établissement ainsi que les heures passées derrière un bureau dans cette salle de classe mal chauffée où on les abreuvait d'un enseignement religieux qu'ils devaient réciter dans de longues litanies sur les pierres dures de la chapelle avant de regagner les « jardins » et les « ateliers » dans lesquels on les faisait trimer sous couvert d'apprentissage.

Cette fin d'après-midi-là, Jolan avait senti ses forces l'abandonner et le ciseau à bois avait ripé pour se ficher dans la paume de sa main. Peter s'était porté à ses côtés et avait déchiré sa chemise pour appuyer sur la blessure comme son père le lui avait enseigné. Il fut rejeté par une gifle cinglante :

« Voilà quel est le soin que tu portes aux biens que te dispense notre Église ! »

Le religieux regarda la main de Jolan, qui cessa de pleurer à la simple sensation du regard courroucé que l'homme de Dieu posait sur lui. Il referma son poing en assurant que tout allait bien. Mais au fil des jours, sa main enfla. La plaie suppura. Elle était bordée d'une corolle écarlate. Il fut amené à l'infirmerie. On versa dessus un désinfectant fort douloureux et bien inutile à ce stade de l'infection.

Chaque matin, dans le dortoir, Peter voyait Jolan plus blanc, plus maigre et hagard, jusqu'à ce qu'une nuit, au retour de ses « astreintes » à la sacristie, il le trouva fiévreux et délirant dans son lit. Malgré la quasi-obscurité, il se pencha sur son visage et eut un mouvement de recul ; il avait la peau tendue sur les os et les yeux anormalement enfoncés dans les orbites. Ce visage n'était plus celui d'un petit garçon, mais celui de la mort. Peter courut donner l'alerte. On le fit rapidement taire et le calme revint dans le dortoir. Les regards des religieux ne laissaient aucun doute quant à l'issue concernant Jolan. L'un d'eux le souleva comme un fétu de paille et l'emmena. Peter ne le revit jamais.

Seules Michèle et Marie aperçurent sa dépouille quand, ne dormant pas, alertées par des mouvements inhabituels, elles se portèrent à la fenêtre et virent les religieux remettre aux sœurs une longue forme enveloppée dans un drap qui se souleva dans un souffle de vent comme si l'esprit de Jolan avait voulu qu'elles soient témoins du crime dont il avait été victime. Elles réprimèrent un cri en reconnaissant le visage livide de cet enfant qu'elles avaient vu bébé dans les bras de sa mère. Leurs larmes coulèrent au moment où deux sœurs firent démarrer le vieux camion qui servait à convoyer des denrées au pensionnat. Dans la nuit, elles comprirent que, dans la maison de Dieu, on ne faisait pas que souffrir. On pouvait également y mourir et disparaître comme un vulgaire déchet.

Marie et Michèle en eurent la confirmation quand les enfants, filles et garçons, furent rassemblés dans la cour du pensionnat pour leur annoncer que Jolan avait fugué de l'infirmerie où il était soigné. Les deux gamines profitèrent de la dislocation de l'attroupement pour se précipiter vers Peter :

« C'est faux. Il est mort. Les sœurs ont emmené son cadavre dans le camion de ravitaillement. Peter, on te jure que c'est vrai. On les a vues. »

Les deux fillettes virent le regard de Peter se brouiller de larmes. Son absence de questions leur fit comprendre qu'il savait lui aussi. Ils n'en reparlèrent jamais ni entre eux ni à leurs parents et encore moins à ceux de Jolan. Mais depuis ce jour, Marie et Peter éprouvèrent un sentiment qui ne les quitta plus : la honte de n'avoir rien fait et rien dénoncé. Depuis le viol de son frère, Michèle connaissait bien ce sentiment. Il ne fit que s'accroître chez cette fillette qui, malgré son jeune âge, se faisait déjà horreur et attendait la mort avec impatience.

40

Désormais, Nathan et Alice partageaient leur temps entre l'université et l'appartement de la jeune fille. Trois mois auparavant, après une énième dispute avec son père, Nathan avait trouvé un travail à mi-temps et lui avait renvoyé les clés de son appartement. En attendant de pouvoir se loger dans cette capitale aux loyers exorbitants, Alice lui avait proposé d'emménager chez elle, en tout bien tout honneur. La situation provisoire était devenue pérenne et, désormais, Nathan ne campait plus sur le canapé.

Huit mois après leur fiasco à Meshkanau/Pointe-Cartier et celui de l'affaire Naomi, eux aussi avaient renoué le fil d'une vie tranquille. Contrairement à la jeune morte, leur avenir était beau et florissant même si la découverte des ossements sur la zone d'implantation de la future scierie avait fait resurgir de mauvais souvenirs dans leur nid douillet au sein duquel ils se pensaient à l'abri des mauvais tours du destin.

Nathan avait accusé le coup quelques jours, le temps que la polémique se calme et, qu'à la une des journaux, un nouveau scandale vole la vedette aux petits martyrs des pensionnats. Le fantôme culpabilisant de Naomi était réapparu pour lui rappeler, amèrement, ses belles idées et ses promesses de ne jamais l'oublier tant que son assassin ne serait pas découvert. Des idéaux et des serments qui étaient venus se fracasser contre l'amour d'Alice. Mais, bien que le malaise eût été terrible, il finit par s'estomper contrairement à celui de sa compagne qui s'enfonçait dans la tristesse.

Nathan en comprit la raison le jour où il rentra plus tôt que d'habitude et qu'il la trouva face à l'écran de son ordinateur, tellement absorbée qu'elle ne sentit pas sa présence derrière elle. Elle contemplait une femme de l'âge de sa mère, au visage apaisé malgré l'horreur de ce qu'elle décrivait. Parfois, la femme s'arrêtait quelques instants et essuyait le coin de ses yeux. Elle, la rescapée des pensionnats, l'un de ceux que Marie, Michèle et Peter avaient fréquentés. Alice et Nathan connaissaient leur existence, mais ce témoignage si digne et dénué de colère redonnait vie et réalité aux faits énoncés par cette femme qui en avait « guéri » comme elle le disait. Comme l'affirmait également la mère d'Alice.

Elle avait détaillé les humiliations, les privations, les coups et les viols dont elle avait été victime ou témoin. À présent, elle évoquait les conséquences de ce calvaire subi à un âge normalement dévolu à la tendresse et aux jeux :

« *En sortant du pensionnat, on n'avait aucune qualification. On est rentrés chez nous sans rien. Avec encore moins qu'en y entrant. On y a laissé notre joie, notre insouciance, notre famille et notre culture pour repartir avec un traumatisme irréversible.* »

Le journaliste respecta le silence de la femme avant de pousser plus avant l'interview :

« *À l'origine, ces pensionnats devaient servir à assurer l'éducation des jeunes autochtones ? Pour vous comme pour beaucoup d'autres, ça n'a pas été le cas.*

– Non, en effet. En sortant de cet enfer, on savait tout juste lire et écrire, mais on pouvait réciter des passages entiers de la Bible.

– Pas facile pour entamer sa vie d'adulte.

– C'était quasiment impossible. On n'avait de place nulle part : chez nous, on se taisait. On avait honte de nous-mêmes, mais aussi de nos parents qu'on nous avait dépeints comme des sauvages pendant toute notre enfance.

– Trouver un emploi devait être compliqué.

– Comme je l'ai dit, on n'avait aucune qualification. Dans l'esprit de l'époque, les Indiens ne pouvaient accéder qu'à des métiers manuels. Mais même dans ce domaine, l'enseignement que nous avions reçu était dérisoire.

– Le manque de qualification n'était pas le seul obstacle, je présume.

– Non, bien entendu. Personne ne voulait former ou embaucher un Indien sauf pour des sous-emplois. La mauvaise image, le dégoût que nous éprouvions de nous-mêmes, le monde extérieur nous les renvoyait constamment. Alors, au fil du temps, à force de vous répéter que vous êtes un sauvage, à force de vous traiter comme un sauvage... À force de vous voir vous-même comme un sauvage, vous finissez par vous comporter comme un sauvage.

– C'est à ce moment-là que vous avez sombré dans l'alcool.

– Oui et la drogue.

– Comment avez-vous fait pour vivre ?

– Avec les allocations que l'État nous verse. Il préfère payer pour que nous restions invisibles, cloîtrés dans notre misère intellectuelle, sociale et économique. On se tue lentement. Il n'y a jamais eu de volonté de progrès ou de civilisation dans ces pensionnats.

– Alors à quoi servaient-ils selon vous ?

– À tuer l'indien ; à éradiquer un peuple et à le chasser de ses terres. Chasser les nomades qui ont besoin d'un vaste territoire pour vivre au gré des saisons et des migrations des animaux pour faire place

aux grands projets de "civilisation" ; les mines, les barrages hydroélectriques, les essais militaires...

– Les pensionnats sont fermés désormais et, pourtant, beaucoup de jeunes autochtones sont toujours à la dérive. Comment l'expliquez-vous ? »

La femme se tut et Nathan posa une main sur l'épaule d'Alice, qui n'esquissa aucune réaction.

« *La question des enfants revient à celle des parents. Mes trois enfants m'ont été retirés. Deux sont décédés aujourd'hui. Un seul a réussi à guérir du mal que je lui ai transmis.*

– Du mal résultant des pensionnats ?

– Comment devenir mère après ça ? Comment faire quand on n'a plus aucun repère et rien à transmettre, même pas l'estime de soi.

– Mais vous vous en êtes sortie, et brillamment.

– Oui, suite au placement de mon dernier fils après mon overdose. Une tentative de suicide, en fait.

– Vous avez repris votre vie en main pour le récupérer lui et vos autres enfants ?

– Non. J'ai décidé de faire quelque chose de ma vie parce que j'avais même échoué à me tuer. Je n'ai jamais essayé de récupérer mes enfants. Ma guérison a été longue. Très longue et trop chaotique. Je pensais qu'ils avaient de meilleures chances de s'en sortir loin de moi. C'était ma façon de leur prouver que je les aimais. Souffrir de leur perte pour leur laisser une chance. Je ne cherche aucune excuse, je veux juste expliquer. »

La vidéo s'arrêta et des larmes coulèrent sur le visage défait d'Alice. Nathan sentit que, jamais plus, une autre occasion ne se présenterait. Il s'agenouilla près d'elle et lui prit doucement les mains :

« Ta mère a un camp en pleine nature où elle emmène des jeunes pour prendre du recul et guérir. Elle voulait te dire tant de choses. Je pourrais l'appeler pour…

– Je ne veux pas retourner là-bas.

– Même si je m'arrange avec elle pour que tu te rendes directement au camp sans passer par la réserve et Pointe-Cartier ?

– Tu veux encore t'occuper de l'affaire Shehaan. C'est ça ?

– Non, non. Je t'assure. Je ne suis même pas obligé de t'accompagner si tu préfères y aller seule.

– Non, pas seule !

– Alors, O.K.

– Et ton père ?

– Il n'en saura rien. On y va uniquement si on peut se rendre directement au camp. J'ai encore le numéro du pilote qui nous a fait partir la dernière fois. Je peux voir avec lui si c'est possible.

– Et pas d'affaire Naomi Shehaan.

– Promis. »

Alice avait relancé la vidéo du témoignage de la femme au visage apaisé. Elle n'empêcha pas Nathan de chercher le numéro de la station radio de Meshkanau. Elle ne broncha pas quand il écouta l'émission de sa mère et elle ne le dissuada pas d'appeler lors d'une pause musicale.

« Allô, madame Fontaine ? C'est Nathan Lebel. Je me permets de vous contacter à la radio, car je n'ai pas votre numéro de téléphone personnel. »

Le reste de la conversation fut long, mais Alice ne l'entendit pas. Nathan organisait de vraies retrouvailles avec sa mère. Elle préféra le laisser faire pour ne pas avoir à y penser.

Mais certaines promesses sont faites pour être rompues : Alice renonçait à celle de ne jamais revoir sa mère. Nathan, quant à lui, sortit la carte de visite de Logan Robertson sitôt la conversation achevée avec Marie Fontaine. Il envoya un texto au policier :

Bonjour, c'est Nathan Lebel.

La réponse fut quasi immédiate :

Je ne suis plus en charge de l'affaire.

Qui alors ?

Laissez tomber. Rien à attendre. C'est vous qui aviez raison dans votre post.

Alors c'est fini ?

Ce panier de crabes ne peut s'ouvrir que de l'intérieur.

Serai bientôt dans la région. Personne au courant.

Je ne peux plus rien faire. Désolé.

41

À leur grand soulagement, le pilote était bien au rendez-vous à l'aéroport pour les faire embarquer dans un Cessna. Il leur assura qu'un pick-up de location les attendait à l'aérodrome afin qu'ils puissent rallier le camp de Marie Fontaine. Le vol leur parut une éternité avant d'atterrir au milieu d'une étendue blanche écrasée sous un ciel bas et opaque. Seule une piste était dégagée, jouxtant un petit hangar blanc-gris qui se confondait avec le paysage battu par les volutes de neige balayées par le vent. Un de ces endroits qui vous font entrevoir à quoi peut ressembler l'infini.

La route qui les attendait serait encore longue, car le pilote n'avait pu les conduire plus près. Il s'était engagé à les guider jusqu'à la route principale. Il tint parole, mais tiqua quand Nathan lui remit l'argent correspondant au prix convenu. Contrairement à la dernière fois où il avait eu affaire à lui, Nathan n'avait pas ajouté de « supplément ». Il ne pouvait plus se permettre de telles largesses depuis qu'il ne comptait plus sur l'argent de son père. L'homme ne s'attarda pas en politesse et repartit, les laissant seuls face à cette route rectiligne qui se prolongeait jusqu'à toucher l'horizon à peine distinct du sol. Des dizaines de kilomètres sans la moindre trace de vie humaine, animale ou végétale au milieu de cette blancheur terne.

Une traversée où la monotonie, la morosité, l'absence de bruits extérieurs et la chaleur de l'habitacle les étourdissaient au point qu'ils faillirent ne pas le voir alors qu'il trônait au beau milieu de la route. Nathan pila sans que le caribou bouge ou cesse de les fixer. La chaleur de son souffle créait une aura autour de lui, rendant cette apparition presque irréelle. Dans l'immobilité générale, ses yeux noirs fixaient les deux jeunes gens. Il secoua la tête en grognant puis s'enfuit dans la neige en créant une traînée vaporeuse.

Alice resta interdite. Malgré sa rupture avec sa culture d'origine, elle n'était pas sans connaître le caractère sacré de cet animal. Elle, qui n'avait jamais cru en rien, eut la certitude que le caribou les attendait pour les autoriser à poursuivre leur route. Bon ou mauvais augure ? Guide ou cerbère ?

Le trouble causé par cette apparition ne se dissipa qu'à l'approche de la forêt, qui rompit la monotonie du paysage. Déjà plusieurs pistes se dessinaient les obligeant à redoubler d'attention quant au chemin à suivre. Moins d'une heure après, à un croisement, ils aperçurent deux silhouettes leur faisant signe. Alice se tourna vivement vers Nathan :

« C'est quoi ce cirque ? Tu m'avais dit qu'elle serait seule.

– Je n'en sais rien, répondit Nathan, inquiet. Elle m'avait assuré qu'on ne serait que tous les trois. »

Les visages étaient tellement emmitouflés et battus par les bourrasques de neige qu'il était impossible d'en discerner les traits. Ils se garèrent à un emplacement abrité dans la lisière que leur indiquait l'une des deux personnes puis ils sortirent. Marie se porta immédiatement à leur rencontre :

« Bonjour. Vous avez fait bonne route ?

– Oui, répliqua sèchement Alice. Et c'est qui ça ? »

Progressant laborieusement dans la neige, la deuxième silhouette les avait rejoints et leur souriait.

« C'est Emma. En meilleure santé que la dernière fois que vous l'avez vue. »

Nathan et Alice eurent du mal à reconnaître les traits de la jeune toxicomane. Son visage s'était arrondi et épanoui. Son regard était vif et gai, son sourire franc et radieux. Face à cette métamorphose, Alice et Nathan affichèrent un étonnement ravi. L'image du caribou se superposa à celle d'Emma. Les paroles sur la guérison prononcées par la femme de la vidéo se mêlèrent à celle de sa mère. Marie Fontaine ne s'était pas trompée sur les vertus rédemptrices de la forêt ; uniquement en un tel lieu, les plaies pouvaient se refermer et la vie continuer.

« Emma a voulu venir. Elle tenait à vous remercier, mais vous étiez déjà partis depuis longtemps. Je dois aussi vous avouer que j'appréhendais de me retrouver seule avec vous, fit Marie dans un demi-sourire.

– Tu as bien fait », ajouta Alice d'une voix douce et gaie que sa mère entendait pour la première fois.

Elle sentit une brûlante explosion au plus profond de ses entrailles. Elle se détourna pour masquer son émoi. Tout le monde fit mine de ne pas s'en apercevoir. Emma s'empressa de les inviter à récupérer leurs sacs et à grimper derrière elles sur les skidoos.

Mais avant de partir, Marie tendit la main.

« Je vous demande d'éteindre vos portables et de me les remettre. Là où nous allons, il ne doit rien exister entre nous et la nature.

– Je vérifie ma messagerie une dernière fois et je coupe », fit Nathan.

Profitant qu'Alice parle avec Emma, il ôta son gant et s'empressa d'envoyer ce message à Logan Robertson :

Arrivé. Joignable dans deux semaines.

42

Treize jours s'étaient écoulés depuis qu'ils avaient rejoint le grand tipi où seul trônait un poêle central qu'ils alimentaient avec le bois ramassé quotidiennement. Ils mangeaient et dormaient sur les branches d'épicéa qui recouvraient le sol. Ils pêchaient et découvraient le plaisir de savourer le fruit de leur long travail de marche et de patience. Ils apprirent à honorer et à respecter leurs proies en sachant ce qu'ôter une vie signifiait.

Ils mangèrent la neige pour se désaltérer et la firent bouillir pour se réchauffer. Ils allumèrent des feux pour se nourrir et s'éclairer le soir. Ils économisèrent le sel, le sucre, l'huile, la farine et le café que Marie avait sciemment rationnés.

Ils apprirent la valeur des choses et des êtres en réalisant ce qu'il en coûtait pour les obtenir. Parfois ils eurent faim et froid, mais toujours ils eurent l'impression de n'avoir gaspillé aucune minute de leur temps. Dans cette vie sauvage, tout était dur, mais prenait un sens. Nathan et Alice comprirent pourquoi ce camp et cette forêt sauvaient des vies même s'ils étaient également conscients que peu de gens sur cette terre seraient capables de vivre perpétuellement ainsi.

Cette existence était plus qu'un mode de vie ; elle était une façon d'envisager le monde, à jamais disparue. Alice repensa à la femme de la vidéo qui affirmait être sortie plus pauvre des pensionnats qu'en y entrant. Son peuple avait perdu son territoire dont dépendait le sens et la survie de sa culture. Ils avaient perdu leur culture de laquelle dépendait la valeur de leur existence.

À la veille de leur départ, en cette fin de journée où le soleil déclinait derrière les arbres, le feu fut rallumé dans la tente. Alice s'approcha de sa mère et prononça doucement ce simple mot : « Pourquoi ? » Sans se consulter et sans une parole, Nathan et Emma sortirent se perdre dans l'immensité blanche qui étincelait sous les derniers rayons du soleil.

À présent seule avec sa fille, Marie commença le récit de sa vie avant le pensionnat jusqu'à son départ avec Michèle et Peter.

« Tu connaissais les Shehaan ? »

Sa mère parut embarrassée par cette question.

« Depuis toujours. »

Puis elle raconta le pensionnat, les coups, les privations, les humiliations si semblables à ceux vécus par la femme de la vidéo. Sa voix chancela quand elle évoqua Jolan et les ossements retrouvés.

« Michèle était avec moi lorsque le drap s'est envolé et que nous avons vu le visage de Jolan. Je n'en ai jamais parlé avec Peter, mais je crois qu'il l'a vu mourir. Ce n'est pas sans raisons que l'enfant si vivant d'avant le pensionnat est devenu le monstre qu'il était, il y a quelques années encore. Je ne sais pas ce qu'il a vu et vécu là-bas, mais je pense que c'était pire que nous.

– Il n'en a jamais parlé à sa sœur ?

– Je ne pense pas. Entre eux, il y a comme une blessure, un secret qui les lie et les sépare en même temps. »

Le récit devint trop éprouvant pour Marie. Alors ce fut Alice qui l'aida à poursuivre en évoquant le parcours de la femme de la vidéo. Marie acquiesçait et s'exprimait seulement pour apporter quelques modifications ou précisions sur sa propre histoire. Puis Alice sentit une boule d'angoisse serrer son estomac. Toutes deux en étaient arrivées au jour de leur séparation. D'une voix étranglée, c'est la petite fille qui raconta à sa mère, sans colère ni reproches, ce qu'elle avait vécu, ce soir-là, et tous ceux qui avaient suivi ; de sa famille d'accueil à sa vie d'étudiante. Marie pleura.

« Pardonne-moi. »

Un relent de rancune empêcha Alice de répondre. Marie comprit que l'absolution ne pourrait venir que si, à son tour, elle expliquait sa vie de mère :

« Je ne me souviens même pas du soir où ils t'ont emmenée. De cette époque, je n'ai gardé que de vagues souvenirs de douleur et de honte que j'éprouvais dans mes rares moments de lucidité. À la mort de ta grand-mère, ma sœur est partie avec ses enfants dans la capitale. Je me suis retrouvée seule ici. J'ai rencontré un homme, un bûcheron saisonnier. Un Innu d'une autre communauté. J'ai cru… enfin… J'étais encore tellement… »

Alice ne l'aidait pas, ne voulait pas lui éviter l'énonciation des mots qui la caractérisaient à une époque où elle-même souffrait.

« J'ai cru qu'en tombant enceinte, il resterait. C'était un homme gentil, pas comme les autres. Mais il est quand même parti. J'ai gardé le bébé en croyant que peut-être quand le petit serait né… »

Même s'il ne s'agissait pas d'amour maternel, mais de garder un homme, ce désir d'enfant vrillait le cœur d'Alice, car, tandis qu'elle-même vivait les douleurs de l'abandon, sa mère rêvait d'un autre gosse.

« Mais il n'a jamais vu le jour ; j'ai accouché à cinq mois d'un bébé non viable. Les docteurs m'ont dit "alcoolisme fœtal". Ça et autre chose. L'accouchement s'était mal passé. Ils ont aussi dit "stérilité". Je n'ai même pas pleuré. C'est à ce moment que j'ai reçu un choc, que j'ai enfin compris : mon errance m'avait coûté ma fille et tous mes enfants à venir. Alors j'ai entamé mon chemin de croix et de guérison.

– Pourquoi tu n'as jamais cherché à me retrouver ?

– Pour t'éloigner de moi et des violences qui règnent ici. Ma guérison a été longue, trop longue. Rien de bon ne t'attendait près de moi.

– Tu m'aurais fait du mal ?

– Non, mais regarde Naomi. D'autres s'en sont chargés bien avant qu'elle en meure. »

43

Pendant qu'Alice ne pardonnait pas encore sa mère, mais commençait à la comprendre, à entamer sa propre guérison, Emma et Nathan dérivaient sur l'étendue poudreuse que la pleine lune et la glace s'étaient empressées de nimber d'une nappe bleutée après le retrait du soleil. Ils marchaient en silence pour profiter de cet instant hors du monde.

Emma tourna son regard vers lui. Malgré la fatigue et le froid, il émanait du visage de ce jeune homme une certaine innocence comme celle que perdaient rapidement les enfants de son entourage.

Il sentit ses yeux posés sur lui et, loin de s'en offusquer, il la regarda et lui sourit comme à une vieille camarade. Pas de jugement ou de pitié chez celui qui l'avait pourtant ramassée dans la rue, qui l'avait vue droguée et délirante.

« Merci », fit Emma. Nathan coupa court en regardant ailleurs , signifiant ainsi qu'elle ne lui devait rien, pas même de la gratitude. Alors la jeune femme acquit la certitude que les mots qu'elle envisageait de prononcer pouvaient être entendus par un homme tel que lui en dépit du dilemme qu'ils ne manqueraient pas de provoquer chez Nathan.

« Je voulais te dire quelque chose.

– Oui…

– Je n'ai rien dit à l'époque parce que je me shootais beaucoup et je ne voulais pas avoir affaire à la police… »

Le visage de Nathan devint grave.

«… Mais le jour du réveillon, la mère de Naomi a préparé des plats pour ton père. Michèle savait que j'avais toujours besoin d'argent pour… Enfin t'as compris. Depuis des mois, Naomi ne voulait plus aller là-bas. Je ne sais pas pourquoi, mais elle s'engueulait souvent avec sa mère pour ça. Alors c'est moi qui faisais les livraisons à sa place. Mais ce jour-là, quelqu'un d'autre m'a donné de quoi acheter une dose et je n'ai pas pu attendre. Quand Michèle m'a appelée, j'étais déjà stone. Donc, si je n'y suis pas allée, peut-être que… »

44

Personne n'avait vraiment dormi lors de cette dernière nuit passée au camp. Ce fut d'ailleurs la seule où ils n'éprouvèrent aucun apaisement ; Marie se demandait si Alice lui pardonnerait les vérités énoncées tandis que sa fille ignorait si elle parviendrait à les oublier. Emma avait peur d'avoir commis une erreur en dévoilant son secret à Nathan tandis que lui-même s'interrogeait sur ce qu'il fallait faire de cette confidence si elle devait impliquer son père dans une affaire de meurtre.

Après un réveil douloureux et un petit déjeuner silencieux, ils partirent en skidoos jusqu'au 4 × 4 d'Alice et Nathan pour se dire au revoir ou adieu, nul n'aurait su le dire. Sitôt les bagages débarqués et entassés dans le coffre, chacun alluma son portable. Ce fut une vague ininterrompue de bips ; horrifiés, ils découvrirent les conséquences funestes de l'arrêt brutal des négociations concernant la scierie.

Profitant de l'absence de Marie, le processus s'était accéléré et ses partisans les plus radicaux en avaient profité pour aller plus loin et plus violemment qu'elle ne le souhaitait. L'annonce du lancement de l'étude d'impact et les propos de l'ancien de la communauté avaient servi de prétexte. Un article reprenait les propos du vieil homme qui avait voulu prononcer des paroles de sagesse et non un appel à la violence :

« Votre étude, nous n'en comprendrons pas les mots scientifiques qui ne créeront qu'incompréhension. Nous n'avons pas besoin d'étude pour savoir ce qui arrivera : assèchement, inondation, pollution, fuite et disparition des animaux. Pas besoin de mots compliqués quand le gibier, le poisson et l'eau disparaissent. Vos enfants blancs n'auront peut-être pas le temps de voir les nôtres s'éteindre. Nous sommes tous condamnés à disparaître ensemble dans le feu, l'air empoisonné ou la faim. Ce n'est pas cette rencontre, cette étude, ni aucun d'entre nous qui décidera de notre avenir. La nature ne nous réunira pas autour d'une table, mais bientôt, elle nous mettra tous d'accord en nous mettant tous à genoux. »

Les autorités avaient menacé de mettre fin aux négociations et de n'accorder que des compensations a minima. En moins d'une heure, la violence s'était déchaînée : des personnes furent molestées, des bâtiments incendiés et les forces de police dépassées, aussi bien à Pointe-Cartier qu'à Meshkanau. Des renforts avaient été dépêchés dès le lendemain. Depuis, la région était sous couvre-feu, les aérodromes et les routes bouclés.

Après cette parenthèse forestière hors du temps, leur retour à la réalité fut brutal et les laissa dans la perplexité, la tristesse et la peur. Nathan découvrit un message du pilote de Cessna :

> Annulation. Pas de récupération
> possible pour l'instant.

Il le montra à Alice, qui parut perdue.

« Qu'est-ce qu'on va faire, alors ? »

Marie avait déjà compris.

« Venez chez moi le temps que ça se calme. »

Malgré l'apparente réticence d'Alice, Nathan s'exclama :

« On n'a pas tellement le choix… »

Tandis qu'Alice cédait en montant dans la voiture sans autre forme de discussion, Nathan fixait Emma. Il lui demandait tacitement de garder le silence sur ce qu'elle lui avait avoué quelques heures auparavant. La jeune femme comprit que ce blocage involontaire offrait à Nathan une occasion inespérée. Il avait fait son choix ; même si cela devait salir le nom des Lebel, il ferait renaître Naomi parmi les vivants.

45

En arrivant devant la demeure de son enfance, Alice se figea.

« Elle a bien changé, fit sa mère en se portant à ses côtés.

– Je ne m'en souviens même pas.

– De l'intérieur non plus ?

– Juste la table de la cuisine et la pièce où on dormait tous.

– Alors tu ne seras pas confrontée à de mauvais souvenirs. Avec le plan de réhabilitation des réserves, j'ai pu retaper cette baraque. Maintenant, elle ressemble plus à ce que j'aurais dû t'offrir. »

Sous les regards curieux et méfiants de ses voisins, Marie fit entrer sa fille et Nathan dans son intérieur sobre, mais confortable et accueillant, rempli de tissus autochtones, d'objets culturels et cultuels. Sans se cacher, Alice regardait cette demeure dans laquelle elle aurait aimé vivre. Sa mère lui prit la main :

« Je sais que c'est très tard pour te dire ça, mais c'est chez toi maintenant. »

Le visage fermé, Alice acquiesça brièvement avant de demander où elle pouvait déposer ses bagages. En faisant signe à Nathan de les suivre, Marie la conduisit vers l'ancienne chambre commune. Lorsqu'elle ouvrit la porte, Alice demeura immobile sur le seuil ; elle essayait de projeter, sur cette pièce claire et douillette, ses souvenirs de murs souillés, de sacs de couchage éparpillés sur le sol en béton. Marie s'éclipsa au moment où Nathan prit le sac des mains d'Alice et lui permit ainsi de s'échapper de ce mauvais rêve.

« Tu viens ? fit-il. On s'installe. J'en peux plus. »

Après deux jours chez Marie, Nathan se rendit à l'évidence : un Blanc n'était pas le bienvenu dans la réserve par les temps qui couraient. Il se résigna à rester cloîtré chez Marie tandis que cette dernière tentait de reprendre en main ses troupes et qu'Alice renouait le lien avec sa communauté qui l'accueillit chaleureusement comme si chacun avait attendu son retour ardemment. Une Innue revenait chez elle et nul n'y était indifférent.

Seul Nathan restait des heures entières à tromper son ennui et à se torturer l'esprit avec les mots d'Emma. Pour la première fois de sa vie, il éprouvait un sentiment contre lequel il s'était toujours insurgé et dont il n'avait jamais été victime : la discrimination. Même Marie et Alice oubliaient ses origines au cours des repas pendant lesquels elles parlaient des Blancs en des termes peu flatteurs comme si Nathan n'existait pas. Ce manque d'égards et cette exclusion, le conduisirent à ressentir les aiguillons de la colère et du rejet en réponse à celui qu'il subissait. Alors il se désola en pensant que si, même un homme tel que lui en venait à de telles réactions, la réconciliation serait difficile si ce n'est impossible entre Blancs et autochtones dans ce ressac de rejet réciproque.

Le matin du troisième jour, à force d'être seul dans cette maison et de ne voir aucune amélioration de la situation à Meshkanau/Pointe-Cartier, il décida de se concentrer sur la seule personne qui pouvait tous les ramener à la raison et à la décence : Naomi. Il savait qu'un chemin tout proche coupait à travers les terrains de quelques habitations jusqu'à la demeure de Michèle Shehaan. Il avait beaucoup moins de risques d'être repéré en empruntant cet itinéraire. Il attendit que le gros des mouvements matinaux se termine pour partir d'un pas tranquille. Il croisa le regard curieux de quelques enfants à qui il fit un signe.

Puis il arriva à l'arrière de la maison. Il entrevit une voiture garée à l'avant. Michèle devait être chez elle. Il frappa plusieurs fois en évitant de regarder alentour. Il tenta de conserver une attitude détachée comme s'il venait faire une simple visite de courtoisie. La porte s'entrouvrit sur un bout de visage austère et fané.

« Vous être le fils Lebel ?

– Oui, madame.

– Vous voulez quoi ?

– Vous demander quelque chose.

– Vous avez pas assez foutu le bordel la dernière fois ? Vous vous intéressez toujours à ma fille ? C'est Marie qui vous a dit de venir pour ses magouilles politiques ?

– Non, madame. Elle ne sait pas que je suis là et sa fille non plus. »

Cette remarque amusa Michèle, qui partit d'un petit rire enroué. Elle ouvrit la porte.

« Alors, entrez ! Si ça peut faire chier cette vieille peau ! »

Il franchit le seuil malgré son inquiétude quant à la colère de Marie et d'Alice si elles apprenaient cette visite. Il la suivit dans sa maison à l'abandon et ne refusa pas le café qu'elle lui mit d'autorité entre les mains.

« Alors, c'est quoi votre histoire ?

– Pas grand-chose. Juste un détail pour m'éclaircir les idées : qui a livré mon père le jour du réveillon ? Je sais que vous faites parfois le ménage à la cabane et que vous cuisinez pour lui quand il reçoit du monde.

– Ben, Naomi, pourquoi ?
– Pas Emma ?
– Non, elle était défoncée.
– C'était toujours Emma d'habitude ?
– Non, avant c'était Naomi, mais, après sa première fugue, elle était plus la même. Elle me faisait chier pour tout. Pour les commandes aussi. Ça permettait d'arrondir les fins de mois, mais elle avait décidé de me laisser me démerder. De me faire chier avec ça comme avec l'école… et son connard de petit copain. Une crevure, celui-là aussi.
– Alors, très bien. Merci, madame Shehaan. Je ne vais pas vous embêter plus longtemps avec des choses sans importance. »
Tandis qu'il se dirigeait vers la sortie, Michèle le regarda s'éloigner en repensant à la vraie question qui l'avait conduit ici : Naomi, livraison, réveillon, Lebel. Elle le héla au moment où la main du jeune homme appuya sur la poignée.
« Qu'est-ce que ça peut vous foutre qui a livré chez votre père ?
– Vraiment rien d'important comme je vous le disais, se justifia maladroitement Nathan. Rien de spécial.
– Rien de spécial, hein ? »
Il lui adressa un sourire et un dernier hochement de tête en signe d'au revoir puis il partit.
Alors que Michèle commençait à entrevoir le visage de l'assassin de sa fille à travers les questions de Nathan Lebel, Peter, caché à l'angle de la maison voisine, observa le jeune homme sortir de chez sa sœur.

46

La nuit était de nouveau tombée sur la réserve de Meshkanau et Marie rentrerait tard. Elle avait décidé d'occuper les ondes une bonne partie de soirée en ouvrant l'antenne à des débats afin d'apaiser les tensions. Nathan et Alice s'apprêtaient à dîner au son de sa voix dans la lumière feutrée et chaude du salon.

Cependant, la jeune femme ne parvenait pas à dissimuler sa nervosité. Le matin même, un enfant avait accouru vers elle alors qu'elle parlait avec l'une de ses anciennes camarades de classe dont elle ne se souvenait pas. Le gosse lui avait chuchoté que son amoureux allait chez Michèle Shehaan. Alice avait reçu un coup à l'estomac. Il lui avait menti ; il était revenu pour Naomi. Elle s'était précipitée chez sa mère pour l'attendre et exiger des explications. N'y tenant plus, elle avait fouillé les affaires de Nathan. Elle avait trouvé son téléphone ainsi que les messages échangés avec Logan Robertson. Elle avait tout remis en place. Puis elle avait déserté la maison, préférant attendre que sa mère soit bloquée à la radio afin de se trouver face à face avec le traître.

Alors qu'il déposait un bol de soupe fumant devant elle, Nathan lui annonça qu'il avait envie de se balader seul, ce soir, pour faire le vide après les événements récents. Peut-être s'autoriserait-il une petite poussée en voiture jusqu'au camp ? Alice le fixait d'un air glacial, celui qu'elle opposait à tous ceux qui la croisaient dans la capitale. Celui qu'il lui avait toujours connu.

« Quoi ? J'ai dit quelque chose qu'il ne fallait pas ?

– Tu vas arrêter de te foutre de ma gueule ?

– Je n'ai plus le droit de faire ce que je veux ? Je suis juste bon à entendre ta mère et toi déblatérer sur les Blancs en attendant que vous ayez fini ou que vous reveniez de vos escapades, c'est ça ? Je n'ai pas le droit de décompresser un peu ?

– En allant chez les Shehaan ? »

Nathan plongea le nez dans sa soupe et se tut. Mais Alice ne comptait pas le laisser s'en tirer par ce silence forcené.

« Tu n'as jamais lâché l'affaire Naomi. Tu m'avais promis. Mais tu m'as menti. Tu m'as trahie. À croire qu'elle compte plus que moi. Je suis quoi, pour toi ? L'Indienne que tu sautes pour avoir l'air "open" et faire chier ton père ?

– Et moi ? explosa Nathan. Le Blanc que tu te tapes pour faire moins Indienne ? »

Face à la virulence et l'excès de leurs propos, tous deux restèrent interdits. Nathan avait conscience qu'il était à l'origine de cette situation. Il risquait de perdre définitivement Alice après avoir mis si longtemps à la convaincre qu'il était l'homme près duquel elle pouvait s'abandonner sans crainte d'être déçue.

« Excuse-moi. Je ne le pensais pas et je n'ai jamais voulu te trahir, même si je l'ai fait. Naomi ne compte pas plus que toi, mais je pense qu'elle ne mérite pas qu'on l'oublie. Ce n'est pas incompatible avec notre vie à tous les deux.

– Pourquoi tu es allé chez Michèle ? »

Il lui expliqua cette dernière nuit au camp. Les mots de Robertson également ; cette personne qui connaissait et pouvait infiltrer ce panier de crabes, c'était lui.

Ce que lui avait révélé Emma et confirmé Michèle, était peut-être une occasion, une piste pour Robertson. Il voulait lui en parler, aller le voir ce soir même, car il était en patrouille dans le quartier d'Axelle. Il lui avait donné rendez-vous.

« Mais ton père va finir pas savoir que tu es là.

– Je pense qu'il le sait déjà…

– O.K. On y va.

– Non, non, non, s'alarma Nathan. Je te dirai tout. Je te le promets. Mais tu restes ici.

– Tu me le promets comme la dernière fois ?

– Non. Je sais que tu ne me laisseras pas de deuxième chance. Mais c'est encore trop dangereux dehors et je passerai plus facilement inaperçu si je suis seul. »

Les yeux suppliants, Nathan attendit longtemps la bénédiction d'Alice :

« O.K., mais tu me déposes à la radio avant de partir. Je n'ai pas envie de me morfondre seule ici. Et plus de cachotteries.

– Promis. »

Plus tard dans la soirée, tandis que Nathan entamait une conversation animée avec Logan Robertson non loin de chez Axelle, le chef Roy recevait l'appel d'un honnête citoyen lui signalant que le fils Lebel était en grande discussion avec l'un de ses hommes. À quelques kilomètres de cette ruelle de Pointe-Cartier, Alice quittait la radio de Meshkanau après avoir dérobé les clés du 4 × 4 de sa mère. Encore quelques minutes et Marie reçut une visite si incongrue qu'elle décida de quitter les débats sous le regard inquiet des intervenants.

« Michèle ? Mais qu'est-ce que tu fais là ?

– Moi aussi, je viens "débattre". »

Interdite, Marie l'observa quelques instants. Elle paraissait pourtant sobre. Anormalement sobre.

« Je ne pense pas que ce soit le moment, Michèle.
– Le moment de quoi ? De parler du suicide de ton mari ? »

Marie se figea face à cette menace directe, énoncée d'un ton si tranchant qu'il ne laissait aucun doute quant à la détermination de Michèle Shehaan. Alice revenait vers sa mère, ce n'était pas le moment de l'en éloigner par des révélations impardonnables.

« Qu'est-ce que tu veux ?
– Trente secondes d'antenne. »

47

« Vous n'allez rien faire ?

– Vous ne m'écoutez pas, s'énerva Robertson face à l'insistance de Nathan. Je ne suis plus en charge de l'enquête ! Et quand bien même. Naomi Shehaan est allée livrer des plats chez votre père le jour du réveillon. Elle l'a probablement fait dans la journée puisqu'elle a été vue le soir dans la salle des fêtes communautaire. Alors quoi ?

– C'est pas le problème ! Elle a refusé de continuer ses livraisons, juste après sa première fugue. Ça ne vous intrigue même pas ?

– Bien sûr que si. Mais on ne sait pas si ça a un lien avec son meurtre et elle n'est plus là pour nous le dire.

– Vous pourriez interroger mon père ?

– Et il va nous dire quoi : "Oui, oui, il s'est passé un truc grave qui a effrayé la gamine" ? Mais sur quelle planète vivez-vous ? »

*

Sur la route plongée dans le noir, au volant de la voiture de sa mère, Alice se demandait si Naomi avait fui dans ces ténèbres et par ce froid, la nuit de sa mort. Elle s'interrogeait sur la détresse qu'elle avait pu éprouver, seule, apeurée et aveugle dans une telle obscurité.

Elle frissonna et alluma la radio pour chasser son malaise. L'émission lui permettait également de s'assurer que sa mère n'avait pas quitté la station et ne s'était pas aperçue de la disparition de son véhicule. La visibilité était pénible avec les voiles de neige qui s'abattaient sans prévenir sur son pare-brise. Entre deux rafales, la voix de sa mère devint soudain hésitante :

« … *Une nouvelle invitée vient de nous rejoindre. C'est Michèle Shehaan que nous saluons…* »

Alice ralentit et monta le son. Visiblement, plus personne n'osait parler, jusqu'à ce qu'un souffle indique que quelqu'un s'approchait du micro. Pas de bonsoir ou d'entrée en matière, les mots de Michèle Shehaan furent brefs et implacables :

« *Aujourd'hui, je sais que Naomi connaissait son assassin. Je le sais sans l'ombre d'un doute… et Thomas Lebel aussi. Même mieux que n'importe qui.* »

Sous le choc, Alice ne put s'empêcher de faire le rapprochement entre ce coup d'éclat et la visite de Nathan à Michèle, le jour même. Elle entrevoyait la cascade de conséquences funestes qui allait s'abattre sur tous ceux qui avaient un lien plus ou moins direct avec cette affaire. Désormais, elle ne rejoignait plus seulement Nathan pour s'assurer de son honnêteté, elle devait l'alerter de la catastrophe en marche.

Elle accéléra et arriva en trombe dans Pointe-Cartier. Nathan avait parlé d'un rendez-vous près de chez Axelle. Elle commença à sillonner le quartier.

*

« Alors à quoi ça servait de me donner votre carte ? insista Nathan.

– À l'époque, j'étais encore responsable de l'enquête et mon chef faisait tout pour me couper la piste

Lebel. Mais les choses ont changé depuis. Vous me voyez lui faire part de vos confidences. Franchement ?

– Je ne vous dis pas d'aller le voir, mais de vous renseigner en douce. »

Robertson le regarda d'un air désolé et consterné.

« Vous êtes aussi naïf que votre père est cynique… »

Au même instant, une voiture fonça sur eux et pila à quelques mètres.

« Qu'est-ce que tu fous là ? » hurla Thomas Lebel sous les yeux effarés de Robertson et de Nathan. Leur étonnement et la fureur de Lebel furent vite détournés par un autre véhicule qui se gara. Lorsque Alice en sortit, Robertson jeta un regard furieux à Nathan, qui en profita pour tirer parti de la surprise de son père.

« Et toi ? Y avait qui à ton réveillon ? Et qu'est-ce qui s'est passé avec Naomi Shehaan ? Tu l'as vue ce jour-là. Pourquoi tu ne lui as rien dit ? fit Nathan en pointant Robertson.

– Nathan ! » s'écria Alice.

Le visage de Lebel prit cet aspect particulier que son fils redoutait tant quand il était petit : un masque de haine et de violence prêtes à déborder. Sa voix devient froide et sourde.

« Je n'ai rien à voir avec ces gens-là ni de près ni de loin. Toi et moi, on n'est pas comme eux. Fin de l'histoire. »

Au moment où il passa devant Alice, il ne lui adressa pas le moindre regard, mais une grimace de dégoût se dessina sur ses lèvres. Il monta dans sa voiture et démarra en faisant ronfler le moteur avant de disparaître dans la nuit.

Alice allait ouvrir la bouche pour révéler les propos incendiaires de Michèle Shehaan à l'encontre de l'homme qui venait de l'humilier quand la radio de Robertson se déclencha :

« Robertson, ici Roy. »

Il regarda les deux jeunes gens d'un air inquiet et réprobateur.

« J'espère que vous n'allez pas me foutre dans la merde avec vos conneries », fit-il avant de prendre l'appel.

« Ici Robertson.

– Tu ramènes ton cul à la casse de Camon. Gariepy va te rejoindre. On a un suicide sur les bras. C'est une squaw, mais elle a fait ça sur le territoire de Pointe-Cartier. »

48

Quand il arriva sur les lieux, Gariepy, le chef de la police de la réserve, était déjà là. Robertson lui serra la main. Dans la nuit, le corps inerte d'une jeune fille pendait au bout d'une corde attachée à un poteau planté au milieu des épaves rouillées à demi ensevelies par la neige noircie d'huile et de crasse.

« Elle a dû grimper par là », fit Gariepy en désignant des empreintes de pas sur le tas de carcasses qui atteignait le sommet du petit poteau. « Les traces n'ont pas été entièrement recouvertes. »

Robertson regardait le visage violacé de la fille. Le froid avait accéléré la rigidité du corps, qui vacillait sous les bourrasques. Il contempla la désolation sinistre de la casse.

« Comment peut-on décider de se foutre en l'air dans un endroit pareil ? fit Robertson.

– Ici ou ailleurs, quelle importance ? Là, au moins, elle savait qu'elle serait tranquille. Si le propriétaire n'était pas venu se taper sa voisine en douce, elle n'aurait pas été découverte avant lundi.

– Et on est sûr que c'est un suicide ? »

Gariepy le regarda en souriant.

« Vous voulez m'accompagner chez elle ? »

Robertson hésita tant il était délicat pour un policier blanc de sillonner la réserve en ce moment.

« Ne vous inquiétez pas, vous serez avec moi. Et puis, en ce qui concerne le suicide, Roy est passé avant vous pour vérifier. Vous croyez qu'il aurait pris le risque de vous mettre sur une autre affaire de meurtre d'autochtone ? »

Ils attendirent que les pompiers décrochent le corps et le conduisent à la morgue avant de partir pour Meshkanau. Lorsqu'ils furent seuls, Gariepy ne put s'empêcher de demander :

« Vous savez, les gens sont au courant que Roy vous a saqué pour l'affaire Naomi. Pourquoi vous avez fait ça ?

– Vous êtes flic, vous aussi.

– Ouais, mais j'ai pas un chef comme Roy et je suis plus âgé que vous. Je roule ma bosse ici depuis des années. Dans cette putain de région, ça ne se passe pas comme ailleurs ou comme à l'école de police.

– Et pourtant, ça devrait. Je ne fais pas de politique. Je fais juste mon boulot.

– Dans la réserve, on sait ce que vous avez fait. Les gens ont apprécié.

– Ça aussi je m'en fous. La petite Shehaan aurait pu être noire, blanche ou même martienne, ça n'aurait rien changé. Je ne suis pas comme le fils Lebel. Je ne suis pas en croisade. Pour moi, c'est juste une gosse qu'on a bousillée et dont on ne trouvera jamais l'assassin.

– Et ça vous bouffe ?

– Oui, ça me ronge. »

Ils grimpèrent en voiture. Robertson suivit le policier de la réserve sur la grande ligne droite et obscure qui les conduisit jusqu'à Meshkanau.

Ils arrivèrent enfin devant une maison un peu délabrée, en bordure de réserve, celle d'Évangéline Beaubois. Robertson resta en arrière de Gariepy, qui frappa. Une gamine lui ouvrit et les fit entrer dans une maison désordonnée et mal entretenue où des gamins étaient scotchés devant la télé malgré l'heure tardive. La mère d'Évangéline, dont le visage trahissait la résignation, comprit instantanément qu'un drame était survenu.

« On a retrouvé Évangéline », fit doucement Gariepy.

La femme se mit à pleurer tandis que la petite fille qui leur avait ouvert regardait ces adultes sans comprendre la portée des drames traversant si tôt sa jeune existence.

« Elle s'est pendue.

– Où elle est ?

– À la morgue de Pointe-Cartier. Mais il va y avoir une autopsie avant qu'on te rende le corps.

– Alors, c'est pas elle qui a fait ça ?

– Si, mais c'est la procédure. Ne commence pas à imaginer des choses après le coup d'éclat de Michèle Shehaan. J'étais sur les lieux. C'est bien un suicide. »

Robertson s'assombrit sans comprendre la dernière allusion de Gariepy. Au milieu d'eux, la petite fille se balançait d'un pied sur l'autre tandis que ses frères et sœurs n'avaient pas détaché leur attention de l'écran, indifférents à ce que ces adultes pouvaient tramer.

« Je pourrai la voir quand ?

– Le bébé, il est mort aussi ? intervint soudainement la petite fille.

– Un bébé ? fit Robertson.

– Tais-toi », s'opposa la mère, mais trop tard, car la gamine avait déjà poursuivi :

« Le bébé dans son ventre.

– Tu étais au courant ? demanda Gariepy à la mère.

– Qu'est-ce que ça peut faire ? Elle est morte, maintenant. »

Les deux policiers n'insistèrent pas. Ils laissèrent cette famille à son chagrin. Mais avant de se séparer, Robertson voulut savoir :

« C'était quoi cette histoire de coup d'éclat de Michèle Shehaan ?

– C'est vrai, vous n'êtes pas au courant puisque vous étiez en grande conversion avec le fils Lebel. D'ailleurs, on l'a vu avec la mère de Michèle dans la matinée. Sûrement pas une coïncidence…

– Mais quoi, bon sang ?

– Elle a déclaré à la radio que Naomi connaissait son assassin et Lebel aussi. »

Gariepy n'ajouta rien et partit, laissant Robertson seul face à la fenêtre faiblement éclairée de la triste maison d'une autre désespérée qui avait trouvé la mort par une nuit glaciale du mois de décembre. Il eut juste le temps de regagner Pointe-Cartier avant que la nouvelle de la mort d'Évangéline Beaubois ne se répande dans la réserve quelques heures seulement après l'annonce radiophonique de Michèle Shehaan. En moins de quarante-cinq minutes, des hordes de pick-up et d'hommes en armes s'élancèrent en direction de la ville.

49

Dans la lunette à vison thermique, la silhouette aux pourtours jaunes et au centre rouge se déplaçait nerveusement. De fenêtre en fenêtre, elle s'agitait, téléphonait, s'énervait ; Lebel avait perdu son calme autoritaire. Hurler, menacer, payer, ordonner ne lui était plus d'aucun secours depuis qu'une vieille alcoolique avait sonné l'hallali et lâché les chiens à sa poursuite.

De l'autre côté du lac, derrière la lunette de visée, la condensation d'une respiration contenue se répandait à peine au milieu des bois. L'attente n'avait pas été longue. Sitôt l'annonce faite par Michèle Shehaan, la chasse avait commencé et le gibier n'avait pas tardé à regagner sa tanière. À cette distance, le coup serait imparable, mais la cible devait rester immobile quelques secondes, le temps de pouvoir tirer cette seule et unique cartouche. Une chance. Pas une de plus.

Au bout de la ligne de mire, la forme rougeoyante à laquelle se réduisait Lebel attrapa un objet qu'il projeta contre un mur avant de s'immobiliser face à la fenêtre, face au canon du fusil. Deux secondes suspendues sur l'étendue blanche et inerte du lac gelé.

La détonation déchira l'air et se répandit dans toute la forêt.

À l'heure où Lebel suffoquait dans son sang, le fusil était enterré dans un recoin sombre de la forêt qui se détachait en ombre chinoise devant la lumière vive des feux allumés à Pointe-Cartier.

*

L'engrenage incendiaire et meurtrier s'était déclenché dans la casse où avait été retrouvé le corps pendu d'Évangéline Beaubois. Des jerricans d'essence avaient été déversés et des allumettes jetées comme pour purifier le lieu du drame. Puis les renforts policiers s'étaient déployés. Des autochtones avaient répliqué ainsi que des habitants de Pointe-Cartier, pourtant si peu enclins à faire front commun. Des feux avortés noircissaient les façades des bâtiments et des tirs sporadiques éclataient dans la ville. Des gens couraient. Des gens se calfeutraient.

Après avoir été obligés de rebrousser chemin, les deux véhicules de Nathan et Alice errèrent dans les rues, avançant ou reculant au gré des barrages et des heurts qui les repoussaient dans d'autres directions comme une plume prisonnière de rafales. Ce vent mauvais les ramena à leur point de départ.

En passant devant chez Axelle, ils virent la commerçante tirer le rideau de fer pour protéger sa vitrine. En apercevant furtivement le visage affolé des deux jeunes gens, elle hésita un instant, la main sur la poignée du store métallique.

« Et puis merde ! » lâcha-t-elle avant de se faufiler dans l'espace vide. Elle les interpella en faisant de grands gestes. Les voitures s'immobilisèrent au milieu de la rue tandis qu'Axelle courait les rejoindre. Dès qu'elle fut à hauteur du véhicule de Nathan, il baissa la vitre.

« Garez-vous là et venez chez moi vous mettre à l'abri ! »

Axelle surprit le regard hésitant que jeta Nathan à son pick-up. Elle comprit qu'il repensait à l'incendie qui s'était déroulé à peu près au même endroit que celui où elle lui demandait de garer sa voiture de location.

« Elle a des chances d'y passer elle aussi ! fit-elle en souriant. Mais vous, au moins, vous serez en sécurité chez moi… comme la dernière fois. »

Alice ne laissa pas le choix à Nathan. Elle avait compris ce qu'Axelle leur proposait et s'arrêta à l'emplacement que le doigt de la commerçante avait désigné à son compagnon. Elle sortit du 4 × 4 et la suivit. Le jeune homme se résolut à abandonner la voiture dans la rue et lui jeta un dernier regard navré avant de glisser sous le rideau de fer qu'Axelle ferma derrière eux.

« Merci, fit Alice.

– J'espère que je ne vais pas le regretter. »

Elle se tourna vers Nathan :

« Tu as pu appeler ton père ?

– Je n'ai pas encore pu lui dire, fit Alice.

– Me dire quoi ?

– Tout ce bordel…

– Eh bien quoi ? s'inquiéta le jeune homme.

– Michèle Shehaan a balancé que sa fille connaissait son assassin et ton père aussi. Et puis on a retrouvé une autre fille qui s'est pendue dans la casse Camon. C'est ça qui a tout déclenché. »

Nathan resta interdit. Il comprit qu'en réalité c'était lui, lui, et encore lui, le responsable. De par sa crédulité, sa naïveté, son inconséquence, il avait allumé cet « incendie » et mis en danger son père.

Il se jeta sur son téléphone pour l'appeler, mais la sonnerie retentit sans que personne décroche. Alors, Axelle tenta à son tour de joindre Roy, le maire, le docteur Harvey et quelques proches de Thomas Lebel.

Même constat d'échec. Elle hésita un instant puis composa un dernier numéro.

« Allô, Peter ? C'est Axelle. Je suis avec Alice Tremblay et Nathan Lebel. On s'est barricadés chez moi. On cherche à joindre Thomas. Tu ne sais pas où il est… O.K., je vois, mais tu es le plus près de chez lui et toi, on te laissera passer. Tu pourrais faire un saut à la cabane ?… J'ai rien à gagner dans cette histoire, moi non plus. Si, des emmerdes, mais bon, putain, Peter, on peut faire au moins ça… O.K., merci. Tu me tiens au jus. »

Axelle raccrocha.

« Merci, fit Nathan.

– Peter va aller voir, mais, sérieusement, dès que ça se sera calmé, barrez-vous. Je vais nous préparer du café et des sandwichs. La nuit va être longue et je sens qu'on ne va pas beaucoup dormir. »

*

Peter n'avait pas pris sa voiture. Il avait cheminé à travers les bois sombres. Avec prudence, il avait abordé la maison de Lebel au cas où quelqu'un serait déjà sur les lieux. Les voitures étaient garées et les lampes étaient encore allumées, mais rien ne bougeait à l'intérieur. Pas une ombre, pas un bruit.

En s'approchant plus près, il prit soin de rester à couvert et aperçut la vitre réduite en miettes, la neige s'engouffrant à l'intérieur. Alors il poursuivit jusqu'à voir le corps de Lebel baignant dans une flaque de sang. La poitrine du mourant se soulevait faiblement. Lebel était encore en vie, mais plus pour longtemps.

Peter eut un sourire.

50

« Axelle ? fit une voix anxieuse, au téléphone.

– Oui…

– Ici le docteur Harvey. Nathan est chez toi ?

– Oui, répliqua-t-elle, hésitante.

– Les flics ont reçu un appel concernant Thomas Lebel. Ils l'ont retrouvé blessé par balle chez lui. Je suis sur la route de l'hôpital. Roy m'a prévenu dès qu'il a su. Je voulais avertir Nathan.

– Comment saviez-vous qu'il est chez moi ?

– C'est le type qui a téléphoné aux flics qui l'a dit.

– C'était qui, ce type ? demanda faussement Axelle.

– On n'en sait rien. Je dois raccrocher. »

Elle soupira en regardant Nathan :

« Peter a trouvé ton père. Il a appelé les flics. De façon anonyme…

– Et alors ? s'écria-t-il, angoissé.

– Il a été blessé par balle. Il est en route pour l'hôpital. »

Nathan s'élança vers le rideau de fer, suivi par Alice.

« Non, pas par là ! lança la commerçante. Y a une porte sur le côté. Ça sera plus discret. »

En suivant les raccourcis préconisés par Axelle, ils parvinrent sans trop d'encombres à l'hôpital, dont le parking était saturé de voitures et de camions de secours.

Les jeunes gens avaient l'impression d'être dans un autre lieu que celui qu'ils avaient connu, désert et fantomatique, quelques mois auparavant.

Ils se garèrent à cheval sur un talus.

« Je vais t'attendre ici, fit Alice. Je vais appeler ma mère pour la rassurer et lui dire que son 4 × 4 n'a pas brûlé. »

Nathan fonça aux urgences, où il se faufila parmi les gens en attente d'être secourus. Il bouscula un homme à l'accueil qui le repoussa en s'énervant.

« Le docteur Harvey, hurla Nathan à la secrétaire. Le docteur Harvey ! Je suis le…

– Je sais qui vous êtes ! » le stoppa la femme, redoutant que le simple énoncé du nom de Lebel transforme cet hôpital en champ de bataille. Elle s'empressa d'interpeller une infirmière pour lui glisser quelques mots en désignant le jeune homme. La secrétaire lui fit signe d'attendre.

Dans la cohue de la salle, un individu ne lâchait pas Nathan des yeux. Il avait reconnu le fils de « l'assassin » de Naomi. Il chercha Alice du regard, mais ne la trouva pas. Malgré son poignet brisé, il sortit pour sonder le parking. Il vadrouilla plusieurs minutes avant d'apercevoir le talus. La fille Tremblay trônait dans le froid, son portable à la main ; la copine de Lebel, celle qui avait logé chez « l'assassin » et qui venait se racheter une conscience chez sa mère.

Il s'empara de son téléphone.

*

Quarante-cinq minutes plus tard, le docteur Denis Harvey jaillit dans la salle d'attente et entraîna Nathan à l'écart.

« Tu as des nouvelles ? le pressa le jeune homme.

– Oui, il va s'en sortir. La balle a été extraite. Ils l'ont plongé en coma artificiel. Il va s'en tirer, mais il faudra attendre pour les éventuelles séquelles. Je n'en sais pas plus.

– Il a parlé ? »

Les traits tirés du docteur Harvey s'avachirent plus encore.

« On l'a retrouvé presque mort. Il n'aurait jamais tenu une heure de plus si les secours n'étaient pas intervenus. Et, toi, tu me demandes s'il a parlé. Nathan ! Mais réveille-toi, bon sang ! Je sais ce que Michèle Shehaan a dit, mais le soir du réveillon, il ne s'est rien passé d'anormal. Personne n'a vu Naomi. Roy est parti puis moi. J'ai rejoint l'hôpital avant que ton père ramène le maire chez lui. PERSONNE n'a vu Naomi ! Défendre la mémoire d'une victime, c'est honorable, mais pas si ça doit entraîner d'autres morts. »

*

Au même instant, une voiture se gara, moteur tournant, et déposa son passager, qui se dirigea vers Alice, somnolant dans l'habitacle du 4 × 4 de sa mère. La jeune femme sursauta lorsqu'on frappa à la vitre et que le visage spectral de Michèle Shehaan apparut. Alice s'empressa de sortir en se blottissant dans son anorak tant l'air glacial la saisit. À travers le nuage blanc de leurs souffles, Michèle avança.

« Tu sais que t'es la petite amie du fils de l'assassin de ma fille ?

– Nathan ne vous a jamais dit ça. Vous avez vu ce que vous avez provoqué ?

– Dis-moi ? T'es comme ta mère, toi… Tu te mêles de tout.

– Maintenant, ça va être son tour ? Pourtant, vous en avez vécu des choses horribles toutes les deux.

– Comme elle, tu crois tout savoir…
– En tout cas, ma mère ne se trouve pas d'excuses, elle au moins ! Même quand elle a merdé avec sa fille. »
Un instant, le nuage de vapeur s'immobilisa entre elles.
« Et quelle excuse elle t'a donnée pour ton père ?
– C'était un alcoolique. Alors suicide ou accident, qu'est-ce que ça change ?
– C'était pas un accident et je te parle pas de lui. »
Les yeux perdus, Alice tentait de décrypter les insinuations de Michèle. Cette dernière s'avança un peu plus près. Son visage et sa voix se durcirent :
« Tremblay s'est suicidé parce que ta chère mère venait de lui avouer que ton vrai père s'appelle Peter Shehaan. »

QUATRIÈME PARTIE

LES FEMMES

51

« Qui d'autre sait que Peter Shehaan est mon père ?

– Tout le monde », avait répondu Axelle après avoir vu revenir Alice, seule, en pleine nuit, les yeux rouges et gonflés, bien avant que Nathan ne les eût rejointes. Mort d'inquiétude, en ne la trouvant plus en sortant de l'hôpital, il avait téléphoné à Axelle, qui l'avait rassuré : la jeune femme était chez elle, saine et sauve, mais il y avait un problème.

Quand il était arrivé, il avait découvert Alice prostrée. Axelle l'avait attiré à l'écart pour lui faire part des révélations de Michèle Shehaan.

« Et c'est vrai ?

– Seule Marie le sait. Mais, il y a de fortes chances. C'est pour cette raison que Tremblay s'est suicidé. C'était pas un accident ; il s'est jeté contre un arbre. Il y a eu une expertise ; pas de problème mécanique, l'état de la chaussée et la météo ne pouvaient pas expliquer sa sortie de route. Et puis surtout, pas de traces de freinage. Lors de l'enquête, Marie aurait parlé d'une dispute au sujet de Peter… et d'Alice. Roy n'était pas chef à ce moment-là, mais c'était lui qui était chargé de l'affaire. Et bien entendu, ça a fini par fuiter quand Marie est entrée en politique. »

Nathan avait repensé à l'attitude étrange de son père lors de leur départ précipité, le printemps dernier, quand il avait surpris leur discussion et que le père d'Alice avait été évoqué. Tous, depuis le début, ils savaient tous.

« Peter Shehaan est au courant, je suppose ?

– Je ne vois pas comment il ne le serait pas.

– Et il n'a même pas cherché à voir sa fille.

– Je ne pense pas que Marie l'aurait laissé s'en approcher.

– Pourquoi ? Il a autant de droits qu'elle.

– Non, justement ! Il a perdu certains droits à partir du moment où… Laisse tomber ! C'est pas mes affaires ni les tiennes. »

Au petit matin, Nathan réussit à se frayer un chemin jusqu'à la maison de Marie afin de récupérer leurs affaires.

« Alice préfère rester chez Axelle quelque temps. Je ne sais pas si vous êtes au courant, mais…

– Je le suis.

– Mon père s'est réveillé. L'hôpital m'a appelé hier.

– Il va bien ?

– Oui. Il dort presque tout le temps. Il est confus, mais visiblement, il n'aura pas trop de séquelles.

– Tant mieux.

– Donc on va rester encore un peu. Tant que ça se calme vraiment et que le pilote accepte de nous ramener à l'aéroport. Ça va me laisser le temps de rester avec lui. Et puis Alice… enfin… Si elle veut vous parler de son père ou bien si elle veut le voir. »

Les yeux de Marie devinrent absents.

« Je ne pense pas que ça arrivera.

– Pourquoi ?

– Il ne la laissera pas lui parler. Il ne laisse plus personne lui parler. »

*

Pourtant, une personne était venue s'adresser à Peter quelques heures auparavant. Une personne qu'il avait alors failli tuer de ses mains ; l'alcool ayant apaisé la colère de Michèle, elle s'était éveillée accablée par le remords et la honte, plus intensément que d'habitude. Elle avait vu les restes du chaos de la nuit et les blessés commencer à revenir chez eux. Elle avait repensé à l'hôpital et à la fuite affolée d'Alice après qu'elle lui eut révélé ce secret qu'elle s'était pourtant promis de taire, mais que la haine envers Lebel avait fait resurgir. Alors elle avait bu pour oublier ce nouvel égarement et chasser les regrets. Mais l'oubli n'était pas venu. L'alcool n'avait fait que la pousser vers un acte plus irrationnel et désespéré encore : chercher l'absolution de Peter.

Elle avait pris sa voiture et s'était rendue chez lui, l'avait supplié de lui ouvrir et avait avoué son « crime ». Il avait jailli et l'avait attrapée par la gorge. Le visage déformé par la rage, il l'avait soulevée du sol et plaquée contre le mur de sa cabane. Il n'avait pas dit un mot. Il s'était contenté de frapper la tête de sa sœur contre le bois. Encore et encore jusqu'à ce qu'elle suffoque et s'écroule à moitié inconsciente.

Six jours après cette nuit de cauchemar, Michèle portait encore les stigmates de la colère de son frère. Elle regardait les traces noires qui zébraient son cou. Face au miroir, elle appuyait ses doigts calleux sur chaque sillon pour en raviver la douleur. Aujourd'hui, elle ne les dissimulerait pas. Elle montrerait la femme horrible qu'elle pensait avoir toujours été. Aujourd'hui, une trêve dans les hostilités avait été communément acceptée pour que se déroulent les funérailles d'Évangéline Beaubois, « la pendue de la casse Camon ».

52

Logan Robertson finissait de remettre son bureau en ordre sous les regards mi-amusés mi-réprobateurs de ses collègues, qui savaient pourquoi il finissait plus tôt son service en cette fin d'après-midi. Roy surgit, un dossier à la main, et le lança avec dédain sur la table.

« Je me demande ce que tu vas foutre là-bas ?

– C'est une invitation de la famille.

– Si la famille Beaubois veut un flic à l'enterrement de leur gamine, y a Gariepy pour ça et, lui, il est de chez eux. »

Imperturbable, Robertson achevait de boucler son sac tandis que son chef le toisait de son air provocant et insidieux.

« Tu te changes avant d'y aller !

– C'est ce que je comptais faire. Surtout en ce moment.

– Ouais. T'as pas intérêt à salir mon service en te montrant en uniforme là-bas.

– Le port de l'uniforme est autorisé pour les enterrements.

– Pas pour ce genre de morts ! Joue pas au con avec moi. T'es pas en délégation officielle. Alors fais gaffe, Robertson. »

Roy partit en lui jetant un regard torve. Robertson choisit de l'ignorer en continuant à ranger tranquillement ses affaires dans la plus parfaite indifférence face aux rodomontades de son chef et aux sourires serviles de ses collègues. Juste avant de s'emparer de son manteau et de s'éclipser, il jeta un coup d'œil sur le dossier que Roy avait balancé sur son bureau. En voyant de quoi il s'agissait, il consulta sa montre ; il avait encore le temps. Il se rassit et ouvrit la chemise cartonnée. Il feuilleta les quelques pages jusqu'à ce que ses yeux s'arrêtent sur ces mots : « *Évangéline Beaubois n'était pas enceinte au moment de son décès.* »

L'esprit en ébullition, il parcourut l'ensemble du rapport d'autopsie qui ne faisait que confirmer le suicide et ce qu'il avait pu constater sur place avec Gariepy. Mais les mots et la naïveté de la petite sœur d'Évangéline ainsi que la réaction spontanée de la mère ne laissaient aucun doute quant à la véracité de la grossesse d'Évangéline. Alors pourquoi n'en était-il pas fait état dans ce rapport ?

Robertson se mordit le pouce, il hésitait. Devait-il se taire et profiter des funérailles pour en savoir plus , au risque de se montrer indélicat et de provoquer un scandale ou une émeute ? Devait-il demander des explications au docteur Harvey en charge de cette autopsie, mais ce dernier n'hésiterait pas à s'en offusquer auprès de Roy ? Non. Il y avait une autre solution.

Il prit une grande inspiration et se dirigea vers la porte du bureau de son chef. Il frappa.

« Entrez !

– Je peux vous parler deux minutes ?

– T'es pas encore parti ?

– Non. »

Roy avisa le dossier que Robertson tenait à la main et fronça les sourcils tout en lui faisant signe de prendre place sur l'un des sièges face à lui.

« Qu'est-ce qui ne va pas encore ?

– Le rapport d'autopsie. »

Roy explosa de son gros rire éraillé.

« Pourquoi ? T'es légiste maintenant ? T'as fait des études de médecine pendant la nuit ?

– Non, mais Évangéline Beaubois était enceinte au moment de son suicide et Harvey a mentionné le contraire dans son rapport.

– Ouais, ouais. J'ai lu le tien, de rapport. Tu te bases sur les propos d'une mioche.

– Pas seulement. Appelez Gariepy. Il a vu la réaction de la mère.

– T'as toujours pas compris que les Indiens fonctionnent pas comme nous. Toi, t'as interprété ça à ta façon, mais ça voulait peut-être dire autre chose pour elle.

– Ben, alors y a pas de problème. C'est facile à vérifier. Les funérailles n'ont pas encore eu lieu. »

Pour la première fois, Roy se tut et s'assombrit. Il ouvrit le dossier et consulta le rapport d'autopsie. Face à la gêne évidente de son supérieur, Robertson renchérit :

« Je veux voir le docteur Harvey.

– Non.

– Je suis en charge de l'affaire.

– Elle est bouclée, l'affaire.

– Pas tout à fait.

– Comment ça ?

– J'attendais ce rapport pour terminer. Peut-être qu'un simple coup de fil à Harvey suffirait pour mon compte-rendu final ? »

En se balançant sur son siège, Roy hésitait tout en regardant le visage faussement naïf et docile de son subordonné. Des airs qui lui faisaient horreur désormais.

« O.K. Je vais contacter Harvey.

– Je voudrais assister à l'entretien… Pour boucler l'affaire. »

La bouche de son chef se tordit imperceptiblement. Ce fouille-merde ne le lâcherait pas. À contrecœur, il s'empara du téléphone et mit le haut-parleur. Après quelques sonneries, Harvey décrocha :

« Salut, vieux, c'est Roy.

– Tu ne pourrais pas appeler en dehors de mes jours de repos ? Ça fait presque une semaine que je dors trois heures par jour. Je profite qu'ils se calment tous pour récupérer un peu. On n'a pas arrêté aux urgences.

– Ouais, ouais, je sais, mais on n'était pas en vacances ici non plus, fit Roy avec agressivité. Je veux juste une précision sur le rapport d'autopsie d'Évangéline Beaubois, la squaw qui…

– Je sais qui était Évangéline, le coupa Harvey, agacé. Et alors ?

– Alors t'es sûr qu'elle était pas enceinte ?

– Pourquoi cette question ? »

La voix du docteur était devenuc méfiante.

« Ben, y a des gens dans sa famille qui disent qu'elle s'était fait engrosser. Alors c'est pour ça. Nous, ça nous pose un problème. »

Le silence se fit à l'autre bout de la ligne. Robertson essaya de sonder le regard impassible de son chef, mais dont les doigts s'agitaient avec nervosité. Puis un soufflement pénible se fit entendre dans le haut-parleur.

« Je n'ai pas menti, fit Harvey. J'ai juste omis de mentionner un élément qui n'est pas pertinent pour vous.

– Quoi ?

– Elle n'était plus enceinte.

– Ça veut dire quoi "plus enceinte" ?

– Elle venait de se faire avorter. »

Robertson ouvrit la bouche pour intervenir, mais la main de Roy lui fit signe de se taire.

« Elle a fait ça chez vous ?

– Tu sais bien que non. Même s'il y a de gros besoins, l'hôpital refuse de pratiquer des avortements pour des raisons religieuses.

– Alors où ?

– J'en sais rien. Dans une autre ville, dans la réserve, chez quelqu'un qui le fait illégalement. Qu'est-ce que j'en sais ?

– Pourquoi t'as rien mentionné dans le rapport d'autopsie ?

– Ça n'avait rien à voir avec la cause du suicide. Tout au moins avec la cause matérielle. C'était pas la peine que ça fuite et que ça revienne aux oreilles de la famille. Je crois qu'elle en bave déjà assez comme ça.

– T'entends quoi par "fuiter" ?

– Rien. »

Les amis, les petits arrangements avec la vérité, les combines, les pourris. Tous ces mots revenaient à l'esprit de Robertson, qui n'y tint plus. Il se précipita vers le combiné du téléphone et haussa la voix pour bien se faire entendre d'Harvey :

« Et pour le rapport de Naomi Shehaan ? Y avait des choses que vous n'avez pas mentionnées ? »

Roy le repoussa avec fermeté sur son siège tandis que le docteur vociférait à l'autre bout de la ligne :

« T'es pas tout seul ? C'est qui le type qui vient de parler ?

– Du calme, le rassura Roy. C'est Robertson. »

Loin de se calmer, Harvey était hors de lui.

« Je ne sais pas ce que tu magouilles, mais je t'avertis : je ne vais pas être le bouc émissaire de vos conneries. Y a beaucoup de gens qui viennent me poser des questions depuis la mort de la petite Shehaan.

– Tu devrais te calmer, doc, si tu veux pas aggraver ton cas ! Faux rapport, ça peut te coûter ton droit d'exercer.

– Ne joue pas à ça avec moi, Roy ; t'as trop de casseroles au cul ! »

Harvey avait raccroché tandis que Roy contenait sa colère et se perdait dans de sombres pensées.

« Alors ? demanda Robertson.

– Alors quoi ? Tu voulais une explication, tu l'as eue.

– Vous appelez ça une explication ?

– Il a caché l'avortement pour préserver la famille parce qu'il est comme toi, Harvey ; c'est un pote aux Indiens. Il voulait pas leur briser le cœur, pouffa Roy dans un sarcasme. Et puis ça n'a rien à voir avec les causes matérielles de la mort, alors y a rien d'autre à dire ! »

Robertson se résolut à partir pour se replonger dans les dossiers de la famille Shehaan tandis que Roy resta enfermé dans son bureau à ressasser la nuit du réveillon de la mort de Naomi Shehaan.

Il était tard. Ils étaient déjà saouls. Le doc avait dit :

« Même si Michèle Shehaan a des problèmes d'alcool, c'est une sacrée cuisinière. Tu lui feras nos compliments quand tu la verras.

– Et une sacrée pondeuse, avait rétorqué Lebel sous les yeux perplexes de ses convives. C'est sa gamine qui est venue livrer cet après-midi. Putain, tu verrais comme elle est gaulée maintenant, la garce ! »

Ils s'étaient tous marrés, sauf le doc, ce coincé, ce « peine à jouir » ! Même le maire s'était laissé un peu aller au milieu de cette assemblée virile et alcoolisée.

« C'est vrai que je lui trouverais bien un stage dans mon bureau, avait-il dit en rigolant.

– Dans ton bureau ou sous ton bureau ?

– T'as raison, Roy ! Dessous c'est mieux. »

Rien qu'à l'idée d'humilier sexuellement cette salope d'Indienne, Roy avait senti une brûlante pulsion irradier son corps.

53

Sur cette piste forestière chaotique, Logan Robertson se demandait s'il n'entamait pas un jeu trop dangereux et si le fantôme de Naomi méritait un tel sacrifice. Mais la relecture du dossier de l'affaire et de ceux des membres de la famille Shehaan l'avait décidé à se confronter à la seule personne pouvant lever le doute sur une troublante coïncidence.

La voiture de Peter Shehaan était garée devant chez lui. Alerté par un bruit de moteur, Peter se précipita sur le pas de sa porte. Le visage ostensiblement hostile, il fixait Robertson, mais ne l'empêcha pas de se diriger vers lui.

« Bonjour, monsieur Shehaan.

– Arrêtez avec vos “monsieur”.

– J'ai un problème.

– On en a tous.

– Oui, mais le mien concerne Naomi. »

Peter dardait des yeux remplis de colère sur Robertson, qui poursuivit :

« Naomi, mais surtout les rumeurs de viol sur votre nièce.

– Foutez le camp !

– Je veux juste savoir si ces rumeurs et ses fugues ont un lien. J'ai consulté des rapports sur vous, votre nièce et votre sœur. Y a une coïncidence de dates qui me laisse perplexe. Les rumeurs, les signalements, les enquêtes et les auditions, surtout de votre sœur sont antérieures à la première fugue de Naomi. Et même si Michèle a toujours nié les viols, on n'a plus jamais entendu parler de vous après cette première fugue.

– Et alors ?

– Je peux entrer ?

– Non.

– Écoutez. Je suis en charge de l'affaire Beaubois. Le rapport d'autopsie a été falsifié et je me demande si celui de votre nièce ne l'a pas été également. Parce que s'il n'y a pas de doutes sur les causes de la mort dans le cas de la petite Beaubois, mon successeur n'a toujours pas résolu l'affaire Naomi si vous voyez ce que je veux dire. »

L'attitude de Peter changea ; il paraissait perdu.

« Je risque ma place en venant ici et en vous racontant ça. »

Le corps massif de Peter s'effaça alors pour le laisser entrer. Robertson découvrit un intérieur spartiate : quelques ustensiles de cuisine, des fusils, un lit, une table et deux chaises. Peter l'invita à s'asseoir d'un geste vague. Il se décida à parler d'une voix sourde :

« Vous voulez savoir si je l'ai violée ?

– Pas seulement.

– Vous savez que j'ai une fille, même si je ne lui ai jamais adressé la parole ?

– Je sais.

– Je ne veux pas qu'elle apprenne ce que j'ai fait. C'est pas pour moi. C'est pour elle. On peut pas vivre heureux quand on doit porter les crimes de ses parents.

– Ma présence est devenue officieuse dès l'instant où j'ai posé le pied chez vous. Alors c'est pareil pour ce que vous allez me dire. Mais ça peut m'aider. »

Pour la première fois, Robertson vit Peter Shehaan fébrile. Il le laissa leur servir une tasse de café.

« Promettez-moi de ne le raconter à personne. Ma sœur est la seule à être au courant, mais on n'en parle jamais. Elle a vu ce qui m'est arrivé au pensionnat. C'est pour ça qu'elle est devenue comme ça et qu'elle n'a rien dit quand elle a su ce que je faisais subir à sa fille. Faut pas mal la juger. Elle a voulu me protéger ou se racheter pour ce qui s'est passé là-bas même si elle n'y était pour rien. Elle n'y est jamais arrivée. On n'était que des gosses. »

Alors Peter pleura et raconta les viols qu'il avait subis. Puis la drogue et l'alcool. Sa propre violence contre des hommes et des femmes. Et enfin les viols qu'il avait fait subir à une gamine, à sa propre nièce. Robertson regardait le sol pour ne pas trahir sa peine et son écœurement. Il devait garder la tête froide ; ne pas juger. Juste entendre et comprendre. Ne penser qu'au cadavre de Naomi.

« Chaque fois que je m'en prenais à elle, je revivais tout : les cris du Père supérieur, son corps qui me faisait mal, son odeur et mon impuissance. Et puis je sais pas ce qui se passait, tout basculait dans ma tête. J'avais l'impression d'être lui. D'inverser les rôles. Les deux se mélangeaient. Je me revoyais victime, à travers elle, et bourreau, à travers lui. Un mélange de plaisir sadique et de dégoût… »

Shehaan marqua une longue pause pendant laquelle aucun des deux hommes ne parla. Puis Robertson décida de ne pas laisser l'horreur et la répulsion les paralyser.

« Et pour la fugue ? Ça a un rapport avec vous ?

– Hum… Elle est tombée enceinte. Elle l'a dit à sa mère. Michèle est venue me voir. Elle ne s'est même pas posé la question de savoir qui était le père. Elle ne s'est même pas mise en colère. Elle m'a juste demandé si je pouvais les aider. Je lui ai dit qu'elle devait se démerder pour arranger ça. Je lui ai donné du fric. C'est à ce moment-là que j'ai pris conscience que le père de ce gosse allait être son oncle. Un acte contre nature. Trois jours plus tard, Naomi a fugué. Elle est revenue une semaine après. Elle n'a jamais dit où elle était allée, mais elle n'était plus enceinte. Elle était plus pareille ; j'ai vu dans ses yeux que c'était terminé. Elle était broyée. Elle finirait comme moi. Comme une épave. Alors j'ai voulu "guérir" pour arrêter ça. Pour l'aider et réparer.

– Elle aurait pu aller se planquer chez quelqu'un ?

– Non, pas si longtemps, surtout qu'on savait qu'elle avait disparu.

– Même pas chez Lebel ? Parce qu'on sait qu'elle a arrêté de livrer chez lui juste après. »

La violence s'étala sur le visage de Peter.

« Ça veut dire quoi ? Que lui aussi il l'aurait…

– Lui ou quelqu'un qui fréquente la cabane. En tout cas, si ce que vous me dites est vrai, cela prouve que le rapport d'autopsie de Naomi a été falsifié lui aussi parce que l'avortement n'est pas mentionné. Je pense que le légiste couvre quelqu'un. Je ne vais pas entrer dans les détails, mais il a eu une discussion tendue avec mon chef. Il est mouillé, c'est sûr, mais j'avais vérifié autre chose quand j'étais encore en charge de l'enquête. »

Le regard de Peter devint perçant.

« Vous aviez dit vrai. Il y a bien eu une affaire de viol étouffée par la police de Pointe-Cartier. La victime était une jeune autochtone. C'est ce qui m'a coûté l'enquête sur Naomi.

– Alors c'est qui ? Lebel ou Roy ?

– Je penche pour Roy, mais les autres doivent savoir et le couvrir. Il leur a rendu un paquet de services. Le doc, c'est sûr. Le maire aussi. Lebel, c'est probable. Je pense que le viol est une pratique courante dans la police de Pointe-Cartier. Vous alliez vous rendre aux funérailles d'Évangéline Beaubois ?

– Oui…

– Alors pas un mot. Si on veut avoir une chance de les coincer, il va me falloir du temps et des preuves. »

Peter acquiesça, mais Robertson se sentit obligé d'insister.

« Vous me faites confiance. Je vous fais confiance. Pour l'instant, silence.

– C'est d'accord. »

Robertson tendit sa main, que Shehaan serra. Ils se quittèrent sur un serment. Alors que Robertson reprenait la route du poste de police, Peter se replongeait dans la nuit du réveillon.

Il avait essayé de parler à Naomi. Elle l'avait repoussé. Il avait gagné pas mal d'argent. Il avait voulu le lui offrir parce qu'il ne savait plus comment alléger la douleur de sa nièce. Il n'avait que des billets et des excuses à lui proposer. Elle les avait refusés. Elle s'était méfiée. Peter avait vu dans ses yeux qu'elle redoutait une ruse, des douceurs pour mieux la violer ensuite. Elle avait pris peur. Elle avait tenté de se faire raccompagner pour ne pas rentrer seule avec la menace de son oncle planant sur chacun de ses pas. Mais son salopard de petit copain l'avait chassée parce qu'il avait obtenu ce qu'il désirait d'elle et qu'il draguait une autre fille. Désormais, il voulait du changement. Alors elle s'était résolue à aller voir sa mère ivre morte. Peter la voyait implorer l'aide de Michèle pour la protéger contre lui, pour le fuir lui qui, à présent, ne voulait que son bien.

Malgré sa frayeur, elle était partie seule sous le regard libidineux de jeunes hommes saouls. Alors Peter avait décidé de la rattraper, de la raccompagner et de lui promettre qu'il ne dépasserait pas le seuil de sa porte.

« Fous le camp ! avait-elle hurlé.

– Attends ! C'est pas ce que tu crois ! »

Maladroitement, il avait saisi son bras pour la forcer à entendre ses excuses. Elle s'était violemment débattue. Elle était tombée et s'était blessée. Une longue entaille zébrait son front.

« ARRÊTE ! ARRRRRRÊTE ! »

Le sang qui coulait sur son visage ainsi que ce cri de terreur et de rage hurlé dans la nuit avaient tétanisé Peter. Il l'avait vue se perdre dans les ténèbres, loin de chez elle, parce qu'elle avait peur qu'il ne tente encore de la traquer, de lui faire du mal.

Il s'échappa de ce cauchemar et, bien qu'il ait promis de rester en retrait, il ôta son habit traditionnel pour enfiler un jean, une chemise et un anorak ; contrairement à Robertson, il n'était pas assermenté et n'avait plus rien à perdre, même pas sa dignité. Il était libre de ses actes.

Au moment où il sortit de chez lui, il vit un jeune mâle caribou l'observer au loin, au milieu du lac. Là où Naomi avait trouvé la mort.

54

« Alice Tremblay ?

– Oui…

– Ici Logan Robertson. Je n'arrive pas à joindre Nathan Lebel.

– Il coupe son portable quand il est à l'hôpital avec son père. Il y passe ses journées.

– O.K., je vois. Vous savez si son père a dit quelque chose depuis qu'il est réveillé ?

– Non.

– Non, quoi ? Non, il n'a rien dit ou, non, vous ne savez pas ?

– Non, il n'a rien dit. Il y a un problème ?

– Tout va bien, mais je serai en retard aux funérailles. »

Rien à attendre des Lebel pour l'instant. Du côté du docteur Harvey, il ne pouvait pas aller plus loin sans risquer de se voir empêché par Roy. Quant au maire et à sa femme, il ne parviendrait pas à leur parler sans déclencher un scandale. Il ne lui restait donc que la dernière personne présente le soir du réveillon à la cabane Lebel ; la seule qui soit accessible, en état de parler, et qu'il avait mise dans une situation suffisamment indélicate pour faire pression sur elle et la pousser à commettre une imprudence. Robertson n'imaginait pas provoquer des aveux éplorés, mais une action compulsive, illégale et violente ; l'une de celles dont Roy avait le secret.

Il regagna le poste de police et se dirigea vers le bureau de son supérieur pour le bousculer une deuxième fois en moins de deux heures.

« Qu'est-ce que tu fiches ici ? Tes Indiens t'ont foutu dehors ?

– Non », répondit calmement Robertson en refermant la porte derrière lui.

Puis il s'assit face à Roy sans que ce dernier l'y invite ni réagisse. Cette passivité prouvait le haut degré d'inquiétude de cet homme qui, pour la première fois, n'était plus maître du jeu.

« Qu'est-ce que tu veux ? fit son chef d'une voix sourde. Je te vois venir avec ton air ahuri. T'es tout sauf idiot. Tu remues la merde depuis le début, mais qu'est-ce que tu cherches au juste ? Ma place ?

– Oh, non ! fit Robertson de son air affable. J'ai des preuves et des témoins prêts à déposer pour une affaire de viol que vous avez étouffée et qui implique ce service. J'ai deux rapports d'autopsie falsifiés et un corps prêt pour une contre-autopsie. La mère est d'accord. Et pour finir, j'ai un autre témoin prêt à déposer qu'il était le père de l'enfant de Naomi Shehaan avant qu'elle se fasse avorter contrairement à ce qui est mentionné dans son dossier. »

Même si personne n'était prêt à témoigner et que la mère d'Évangéline Beaubois n'avait jamais donné son accord pour une contre-autopsie, Roy ne pouvait le vérifier à cet instant. Robertson constata qu'il n'y songeait même pas. Seule la tension croissante alimentait son esprit.

« J'ai de quoi ouvrir une enquête sur vous pour plusieurs chefs d'accusation, de la subornation de témoins à l'usage de faux. Ce n'est qu'un début, parce que quand des enquêteurs encore moins ahuris que moi vont débarquer ici, je vais aussi leur raconter que vous avez couvert une affaire de viol concernant au moins deux de vos hommes et que vous faites certainement pression sur un médecin légiste pour falsifier des rapports. Et puis, il y a tout simplement votre présence dans un chalet à deux pas du lieu où le corps d'une jeune fille a été retrouvé. Ce même endroit que vous m'avez personnellement et à plusieurs reprises demandé d'exclure de mon enquête avant de me la retirer. Alors je me demande si je dois me charger de vous lire vos droits tout de suite ou attendre leur arrivée ?

– T'es fini, Robertson ! fit Roy, implacable. Crois-moi, t'auras jamais l'occasion d'ouvrir ta gueule ici ou ailleurs. »

Robertson eut un petit sourire avant de sortir du bureau de son chef. Il quitta le poste de police et commença une longue attente à l'abri des regards. Maintenant, il n'avait plus qu'à observer et attendre de savoir quelle suite donnerait Roy à son coup d'éclat.

Logan entamait une planque illégale contre l'un des siens.

55

Depuis le réveil de son père, Nathan passait ses journées à son chevet, moins par inquiétude que pour comprendre comment il avait pu se retrouver allongé sur un lit d'hôpital, le corps troué d'une balle qui l'avait percuté dans sa propre demeure. Pourquoi l'avait-on traqué et tenté de le tuer ? Chaque fois que Lebel se réveillait, il éludait ses questions. Il se détournait et demandait à son fils de le laisser seul.

Dans une demi-somnolence, Nathan sursauta lorsqu'on frappa à la porte. Une infirmière apparut :

« Excusez-moi. Une personne étrangère à la famille souhaite voir votre père. »

Nathan n'eut pas le temps de demander de qui il s'agissait. La grande carcasse de Peter Shehaan se découpa derrière la jeune femme. Nathan hésita un instant, méfiant quant aux intentions de cet homme brutal qu'il ne parviendrait pas à maîtriser s'il venait à s'en prendre à son père. Peter le comprit au regard inquiet du jeune homme. Il lança d'un ton apaisant :

« Je ne viens pas pour ça. »

Alors Nathan fit signe à l'infirmière qu'elle pouvait le laisser entrer. Elle s'effaça et referma la porte. Les deux hommes se regardèrent un instant puis Peter énonça la raison de sa venue :

« Je veux lui parler.

– De quoi ?

– De ça », fit Peter en montrant le corps immobile de Thomas Lebel.

« Et de rien d'autre ?

– Vous et moi, nous savons très bien que parler de ça c'est aussi parler d'autre chose. »

Au fond, Nathan attendait les mêmes réponses que Peter. Peut-être ce dernier réussirait-il à obtenir ce que cet homme déchu lui refusait depuis des jours. Alors il se leva et secoua son père qui émergea lentement en grognant :

« Laisse-moi. Va-t'en !

– Tu as de la visite. »

Le visage de Lebel pivota légèrement jusqu'à tomber sur les yeux impénétrables de Peter Shehaan. L'accélération soudaine de son rythme cardiaque fut visible sur le moniteur, dont la tonalité saccadée retentit dans la pièce. Sous le regard furieux de l'homme blessé, Peter s'avança près du lit et lui dit avec froideur :

« Ce n'est pas moi qui vous ai fait ça. Je ne vous aurai pas loupé. Croyez-moi. »

Lebel se détendit un peu, mais un voile d'incompréhension tomba sur son visage. Un demi-sourire se dessina sur les lèvres de Peter :

« Je vois qu'on se pose la même question tous les deux, hein ? Si ce n'est pas moi, alors ça veut dire qu'un de vos amis a cherché à vous éliminer. Mais lequel ? Qui pouvait se sentir suffisamment menacé après ce que ma sœur avait balancé à la radio pour vouloir éliminer un témoin ou un complice ? Il y a forcément quelque chose que vous avez fait ou que vous avez vu cette nuit-là.

– Ni l'un ni l'autre ! éructa Lebel.

– On ne finit pas dans votre état sans raison.

– Je n'ai rien fait de mal.

– Alors pourquoi je vous ai trouvé à moitié mort dans votre salon ? »

Lebel ouvrit de grands yeux.

« C'est toi qui m'as trouvé ?

– J'ai hésité un moment à vous laisser crever. Mais j'ai quand même appelé les flics. Je ne veux pas d'ennuis avec des gens comme vous. »

Nathan et Peter virent la tête de Lebel tourner en direction du plafond. Il ne les regardait plus.

« De toute façon, c'était trop tard. »

À cet instant, chacun sut qu'ils allaient rejoindre Naomi dans les ténèbres de cette nuit glaciale et funeste.

« Le maire ne voulait pas finir la soirée à la cabane comme convenu. Il était ivre mort. Il voulait continuer la fête ailleurs. Pendant presque une demi-heure, j'ai essayé de le raisonner. De guerre lasse, je lui ai promis de le déposer dans un bar de Pointe-Cartier. En fait, je l'ai raccompagné chez lui. Sa femme était revenue de son réveillon pour les bonnes œuvres de l'Église. Elle était furieuse. Ils ont commencé à se disputer. Je suis parti même si, moi aussi, je n'avais pas envie de rentrer tout de suite dans ma cabane vide. Plus de femme, pas mon fils, plus d'amis. Alors je suis allé près du lac. C'est superbe là-bas quand il neige. Ça me calme. Et c'est là que j'ai vu ce caribou planté en plein milieu. J'étais fou. Je suis allé chercher mon fusil ! Putain, vous vous rendez compte ? Le premier jour de l'année, tuer un caribou pour conclure le réveillon. J'imaginais déjà la tête des autres : Harvey dans son hôpital, Lemay en pleine scène de ménage, Roy tout seul avec sa bouteille, et moi, en train de leur envoyer une photo avec la proie à mes pieds au milieu du lac gelé. Mais, quand je me suis approché, j'ai vu un sillon dans la neige. Il partait de la lisière. Je n'ai pas compris tout de suite. J'ai continué et j'ai armé mon fusil. Je ne pouvais pas le louper. Il ne bougeait même pas. Puis j'ai aperçu un corps près de l'animal. C'était incroyable ! Il ne bougeait pas. Il attendait à côté de lui. Il ne s'est même pas enfui quand je me suis approché. Il a juste reculé. Au début, j'ai cru que c'était un cadavre, mais quand je me suis penché, une main s'est accrochée à mes bottes. Je me suis baissé encore plus et j'ai reconnu la fille. Elle saignait beaucoup. Elle était déjà à moitié ensevelie par la neige. C'était fini pour elle. Je ne voulais pas d'ennuis. Y a toujours des problèmes avec les gens comme elle. Alors je suis parti et je n'ai rien dit. Je n'ai rien fait de mal. Elle était fichue de toute façon. Je ne voulais pas d'ennuis. »

Consterné, écœuré, Nathan était effondré sur une chaise tandis que Peter toisait cet homme affaibli, désarmé, qu'il aurait pu étouffer d'une seule main. Mais ces aveux ne prouvaient que la lâcheté de Lebel et non sa culpabilité. Peter repensa aux mots de Logan Robertson : un seul des quatre hommes présents, ce soir-là, avait eu l'opportunité et le caractère pour battre à mort une fille de 16 ans. Les autres n'en avaient pas la sauvagerie ou trop à perdre. Un instant, Peter tenta d'oublier les paroles de ce vieil homme dont il avait eu pitié, même si ce dernier n'en avait eu aucune pour Naomi.

« Roy est sur la sellette pour une affaire de viol et de faux rapports.

– Je sais, fit Lebel. Pour des passages à tabac aussi. D'Indiens surtout. Mais… »

Lebel fut interrompu par le départ précipité de son fils, qui ne pouvait supporter plus longtemps cet étalage de lâcheté et de compromission lui faisant honte et horreur. Peter attendit que la porte se referme pour poursuivre :

« Roy est parti le premier et personne n'était là pour s'assurer qu'il était rentré directement chez lui. Il a pu croiser ma nièce et la tuer.

– Oui, mais c'est impossible… »

Quand Peter quitta à son tour la chambre de Thomas Lebel, son visage avait changé. Il paraissait à la fois anormalement calme et détaché, comme s'il partait pour un voyage sans retour.

« Peter ! le héla Nathan, qui l'avait attendu dans le hall d'entrée. Il vous a dit autre chose ?

– Non.

– Pourtant, vous avez l'air… bizarre.

– Je dois aller aux funérailles d'Évangéline Beaubois. Après ce que je viens d'entendre, j'ai de quoi être bizarre. »

Nathan n'insista pas et le regarda s'éloigner sur le parking de l'hôpital. Quand il vit son pick-up s'engager dans la direction opposée à la réserve, il eut la certitude que son père avait révélé un élément qui ne laissait aucun doute dans l'esprit de Peter quant à l'identité de l'assassin de Naomi. Peter partait en chasse et le sang coulerait encore.

Nathan se précipita jusqu'à la chambre de son père.

56

La veillée s'était déroulée trois jours et trois nuits durant ; la messe avait été prononcée dans l'église de la réserve. Les tambours avaient chanté. La fumée avait été répandue. Mais lors de ces funérailles, la douleur s'était mélangée à la haine perceptible dans les regards hostiles qui se croisaient.

À peine le corps d'Évangéline Beaubois venait-il d'être rendu à la terre sacrée du cimetière de Meshkanau que, déjà, certains membres de la communauté tournaient le dos à d'autres au grand dam de Marie Fontaine. Sa fille Alice ne lui avait pas reparlé depuis qu'elle avait déserté sa maison. Elle ne lui avait accordé ni regard ni haine. Quant à Michèle Shehaan, elle avait créé un tel vide physique et moral autour d'elle que les gens ne l'approchaient pas à moins de deux mètres et que personne ne s'enquit sur la nature des zébrures marquant son cou.

Des yeux empreints de perplexité virent Madelaine, la sœur aînée d'Évangéline, s'approcher de Michèle, la paria. La jeune femme lui parla longtemps sans qu'elle l'interrompe. Puis cette dernière s'effondra dans ses bras. Tête contre tête, elles pleurèrent tandis que la communauté s'était figée face à ce spectacle. Puis ce fut Michèle qui parla à la jeune femme et l'entraîna vers Emma, l'ancienne toxicomane. L'échange fut bref.

Emma désigna Alice du doigt et toutes les trois avancèrent dans sa direction.

Inquiète et mal à l'aise, Alice ne bougea pas. Marie ne comprenait pas ce que cet étrange ballet signifiait. Elle savait simplement que cela devait être grave et nécessiter toute l'intimité possible. Elle invita les personnes encore présentes à s'éclipser. Dans ce cimetière enseveli sous la neige, Michèle, Emma et Madelaine se tenaient face à Alice, toutes les quatre aussi immobiles que les pierres tombales qui émergeaient à grand-peine de cette étendue blanche. Emma prit la parole pour faciliter ce premier contact difficile :

« Alice, tu es toujours en relation avec ce flic, Robertson ?

– Plus ou moins. C'est surtout Nathan qui échange avec lui.

– Et tu crois qu'il pourrait l'appeler ?

– Je pense… »

Michèle avança d'un pas :

« Je sais que tu ne m'aimes pas, mais écoute ce qu'elle a à dire », fit-elle en désignant Madelaine Beaubois.

« Ma sœur n'était plus enceinte quand elle s'est suicidée. Elle avait avorté. Comme moi. Comme Naomi. »

Le téléphone d'Alice sonna.

« Excusez-moi, c'est Nathan… Allô ?

– Alice, tu es toujours à l'enterrement ?

– Oui.

– Peter est là ?

– Non.

– Il est venu ? Tu l'as vu ?

– Non, pourquoi ? » fit Alice d'une voix anxieuse qui faisait écho au ton affolé de Nathan.

« Reste où tu es. Je vais appeler Robertson.

– Mais qu'est-ce qui se passe ?

– Pas le temps de t'expliquer !

– Attends ! On a un problème ici aussi. La sœur d'Évangéline veut parler à Robertson. Elle s'est fait avorter comme Évangéline et…

– Naomi ?

– Oui, Naomi aussi.

– Putain de merde ! J'appelle Robertson. Amène-la au poste de police de Pointe-Cartier !

– De Pointe-Cartier ? s'écria Alice, affolée.

– Oui, vite ! Pour une fois, je sais ce que je fais ! »

57

Dès que le jour avait commencé à décliner, Peter l'avait vu rentrer précipitamment chez lui puis s'agiter, s'affairer et remplir des sacs. Il avait également chargé des fusils. Après ce que lui avait révélé Robertson dans sa maison, Lebel sur son lit d'hôpital, et que ses souvenirs reliaient tous ces courants noirs à leur source, Peter savait qui avait battu à mort Naomi le soir où il l'avait, lui-même, tant effrayée qu'elle s'était jetée à corps perdu dans les ténèbres nocturnes et glaciales pour ne jamais en ressortir.

Dans l'obscurité presque totale, l'assassin commença à transporter ses affaires de fuyard dans son 4 × 4. Il avait les traits tirés, mais également le visage sauvage du prédateur traqué et prêt à tout. Il rentra une dernière fois chez lui tandis que Peter progressait lentement pour contourner l'avant de la maison. Son fusil était armé. Lui aussi avait le faciès bestial et implacable du prédateur, mais il avait l'avantage d'être le chasseur et non la proie. Malgré sa carrure, il progressait avec souplesse et agilité. Dans l'air froid, son souffle chaud dispensait une volute blanche quasi insignifiante et la neige se taisait sous ses pas.

L'homme ferma le coffre sans voir la silhouette qui se profilait et la menace du fusil pointé dans son dos. Il se dirigea vers la portière de son véhicule. Lorsque sa main toucha la poignée, il fut saisi d'effroi en entendant une voix ulcérée par la haine :

« Salut, doc. On va s'enfuir tous les deux. »

Le docteur Harvey ne chercha ni à parlementer ni à opposer la moindre résistance. Il connaissait trop la famille Shehaan. Il avait eu à soigner bien des dommages engendrés par la violence de Peter pour tenter quoi que ce soit, un fusil pointé sur lui. Tandis qu'il s'installait au volant, Peter prit place sur le siège passager. Il tenait l'arme braquée sur le flanc de Harvey.

« Démarrez ! C'est moi qui guide. On ne va pas loin. Et pas de conneries. J'ai rien à perdre. »

Harvey contint un petit sourire en repensant au pistolet coincé entre son ventre et son pantalon que dissimulait son épais anorak. Il s'amusa de cette lutte avec une brute qui n'avait même pas pris le temps de s'assurer qu'un homme aussi violent et dissimulateur que lui ne cache pas de mauvaise surprise. Il était confiant ; il était certain qu'il obtiendrait cette seconde lui permettant d'abattre cet animal. Que Peter ne s'inquiète pas ; lui non plus n'avait rien à perdre.

Sans encombre, ils traversèrent la ville. Ils filèrent sur la route reliant Meshkanau à Pointe-Cartier. Ils effleurèrent les limites de la réserve avant de s'engouffrer dans la forêt. Ils s'arrêtèrent devant la maison au tipi, celle de Peter, qui lui fit signe de descendre. Pas un mot, seul le fusil toujours braqué sur Harvey maintenait un contact entre eux. D'un signe de tête, Peter lui désigna leur prochaine destination.

Dans la lisière, le caribou s'immobilisa et observa ces deux silhouettes progresser sur l'étendue immaculée du lac enneigé, si lumineux sous la lune aussi ronde que le ventre d'une mère en devenir.

58

Pour la troisième fois en moins de vingt-quatre heures, Robertson forçait l'entrée du bureau de Roy. Il avait planqué des heures sans que la porte du poste de police s'ouvre sur son chef ou que sa voiture ne bouge. L'affolement et l'erreur tant escomptés ne s'étaient pas produits. Mais, lorsque Nathan l'avait appelé, malgré la confusion du jeune homme, Robertson avait saisi que deux événements allaient faire définitivement basculer l'affaire Naomi : sa visite chez Peter Shehaan et sa rencontre avec la famille d'Évangéline Beaubois. Alice, Nathan et Madelaine, la sœur de la jeune suicidée, l'avaient rejoint aux abords du poste. Malgré leurs récriminations, Robertson avait décidé de faire entendre leurs témoignages à Roy :

« Vous êtes devenu dingue, s'écria Alice.

– Non. Avec ce que j'ai sur lui, il n'aura pas le choix. Il devra entendre et agir, croyez-moi. »

Sans frapper, Robertson ouvrit la porte sous le regard stupéfait de Roy, qui vit quatre personnes investir son bureau.

« Il va falloir écouter ce que Nathan Lebel et Madelaine Beaubois ont à vous dire. Si vous n'enregistrez pas leur témoignage, on passe au-dessus de vous et on ajoute un dossier à votre passif. Moi, je vais tenter d'éviter un bain de sang.

– Tu vas où ? hurla Roy.

– Retrouver Peter Shehaan. Je pense qu'il a mis la main sur l'assassin de sa nièce.

– L'assassin ?

– Oui, votre ami : le bon docteur Harvey. Écoutez ce qu'ils ont à vous dire. »

Sur ces mots, il partit en courant. Nathan Lebel se planta devant Roy.

« Peter est venu à l'hôpital pour parler avec mon père, qui a avoué avoir vu Naomi agoniser sur le lac. »

Abasourdi, le chef de la police se rencogna dans son siège.

« On pensait tous que vous étiez impliqué dans ce meurtre et même que vous en étiez l'auteur.

– Tous ? Qui ça, "tous" ?

– Robertson, Peter et moi, mais pas mon père parce qu'il a révélé une chose toute simple devant Peter. Tellement simple qu'elle paraît évidente… Vous êtes parti en premier, ce soir-là. Vous saviez que Harvey vous suivrait de près. Dans ce cas, difficile de ramasser une fille au bord de la route sans être aperçu. Surtout si le mec qui vous suit est "un ami" qui s'arrêtera pour voir si vous avez un problème et qui reconnaîtra la victime.

– Oui et alors ?

– Mais pour Harvey, c'était différent. Au moment où il est parti, le maire devait rester chez mon père. Il ne pouvait pas prévoir que Lemay ferait tout un cirque pour continuer la fête ailleurs. Il ne se doutait pas qu'ils partiraient de la cabane et qu'ils risquaient de le croiser avec Naomi. Je pense que Harvey l'a vue sur la route et que mon père l'a loupé de peu quand il l'a embarquée parce qu'il n'a pas mis longtemps pour raccompagner Lemay avant de revenir chez lui et découvrir Naomi à moitié morte sur le lac.

– Non, fit Roy obstinément résolu à ne pas croire cette fable. Le doc ? Ce cul coincé, tuer une fille ! Robertson délire. Il vous a embobiné avec ses conneries.

– Non, opposa froidement Madelaine. Je sais ce qui est arrivé à ma sœur et à Naomi. Elle n'a pas fugué pour se faire avorter. Elle l'était déjà à ce moment-là. »

Dans un coin de la pièce, Alice restait pensive ; elle ne savait rien sur Naomi, sa désormais cousine, mais elle avait l'impression de tout apprendre à travers la vie de ces jeunes femmes au destin si cruellement similaire.

« Je le sais parce que moi aussi je suis passée par là. Il n'y a pas d'aéroport ou de train ici. Les routes ne sont pas bonnes et les jeunes ont besoin d'une voiture pour aller se faire avorter ailleurs puisque l'hôpital ne pratique pas ce genre d'intervention. Mais des filles comme moi n'ont aucun moyen de transport, alors le bon docteur Harvey a une solution. Il nous connaît toutes depuis qu'on est gamines. Il est si gentil et si respectueux des autochtones… Alors, quand une fille au bord du suicide lui demande son aide, il l'avorte. Mais… Mais on doit revenir le voir en consultation pour s'assurer que tout va bien et là… Là, vous payez ! »

Des larmes coulèrent sur le visage de Madelaine, qui mit un instant à se ressaisir.

« Il m'a violée. Plusieurs fois. Il m'a menacée de s'en prendre à ma famille, de faire un signalement à la police pour que mes frères et sœurs soient placés si je parlais de ça ou si je ne revenais pas le voir quand il me le demandait. Ça a duré deux ans jusqu'à ce que je décide de partir. Toutes les semaines pendant deux ans à être violée, insultée, humiliée et frappée. Quand ma sœur m'a appelée pour me dire qu'elle était enceinte et qu'elle avait trouvé une solution, je l'ai mise en garde. Elle m'a dit que c'était trop tard. Trois mois plus tard, elle se suicidait. Pour Naomi, j'ai compris quand on a su qu'elle avait été battue à mort. Cette région aussi paumée que nous, c’est un paradis pour un sadique comme le “bon docteur Harvey”. »

59

Semblable au sillon qu'avait creusé le corps supplicié de Naomi dans la neige, Harvey ouvrait une trace que finissaient de dessiner les pas de Peter tenant le fusil toujours fermement pointé dans le dos du « bon docteur ». Le caribou s'était tenu à l'endroit où Naomi s'était éteinte et c'était à cette même place que son assassin trouverait la mort avant que Peter n'aille se rendre à la police.

Harvey regardait la lune. Il n'était pas inquiet. Cette seconde d'inattention, il l'aurait. Shehaan n'était pas homme à se venger lâchement, à abattre sa proie dans le dos. En sortant de la voiture, le docteur avait commencé à faire glisser la fermeture Éclair de son blouson. Par petits coups, il l'avait abaissée au gré des pertes d'équilibre dans l'épaisseur de neige qui entravait leur progression. À présent, elle était complètement ouverte. Encore un vacillement et Harvey put porter les mains près de son corps et remonter son pull. L'air glacial cingla son ventre excepté à l'endroit où le pistolet faisait barrage entre sa peau et la froideur de la nuit. Dans quelques minutes, Peter lui ferait face et là, à ce moment précis…

*

Robertson s'était précipité chez « le bon docteur ». Prudemment, il avait fait le tour de la maison. L'homme était dangereux : il avait violé, torturé et tué. S'il n'avait pas encore fui, il serait assurément dangereux. Sa voiture avait disparu et la maison paraissait vide. Soit il était déjà loin, soit Peter l'avait abattu.

À la recherche d'indices pouvant le mettre sur une piste, il parcourut les abords de la demeure d'Harvey. Lorsqu'il découvrit la voiture de Peter dissimulée à quelques dizaines de mètres, Robertson comprit que cet assassin risquait de ne jamais connaître un tribunal et que nombre de ses victimes resteraient inconnues ; Peter ne lui laisserait pas le temps d'avouer l'ensemble de ses crimes.

*

Harvey sentait l'acier du pistolet se refroidir sur sa peau. Il frissonna de plaisir en pensant à la cervelle de Shehaan qu'il ferait éclater ; une cervelle d'Indien, d'animal, car il ne les avait jamais considérés autrement. Sous son masque de bienveillance et de tolérance, il trouvait Roy, Lebel et surtout Lemay, le maire, trop timorés. Il venait d'une famille qui avait toujours su comment traiter ces animaux. Chez lui, tout le monde avait été scandalisé que ces sauvages puissent conduire en prison des gens tels que le juge David Ramsay[1]. Chaque jour, lui-même les voyait défiler, faisant monter graduellement son dégoût. Pour Harvey, ces gens-là se résumaient à une paire de bras, pour les mâles, et à un sexe, pour les femelles. Il n'avait pas besoin de bras pour assouvir ses penchants.

---

1 David Ramsay est un ancien juge de la cour provinciale de Prince George condamné en 2004 à sept ans de prison pour avoir agressé sexuellement et battu quatre jeunes autochtones âgées de 12 à 16 ans. Il avait eu à traiter le dossier de trois de ces jeunes filles dans l'exercice de ses fonctions.

Il évitait les mâles, mais il recueillait les femelles, surtout si elles étaient jeunes, naïves et paumées.

Naomi Shehaan… une fleur d'animalité : affublée d'une mère ivrogne, violée par son oncle et le suppliant de l'aider à avorter de la monstruosité qu'elle portait en elle. Cette fille lui avait dit qu'elle ferait n'importe quoi pour lui s'il acceptait : du ménage, des courses, n'importe quoi. Alors, il l'avait fait s'asseoir. Il lui avait dit de se calmer. Il avait caressé ses cheveux.

« N'importe quoi, tu es sûre ? Même un peu de réconfort ? »

Elle avait levé ses yeux de bête docile et apeurée vers lui. Elle avait déjà compris ce qu'il allait exiger. Son oncle l'avait bien préparée… Il avait lentement déboutonné son pantalon et attiré son visage contre lui. Elle n'avait même pas eu un mouvement de surprise ou de recul. C'était la première fois qu'il demandait une avance. En principe, il attendait toujours que l'avortement soit réalisé pour faire pression sur ces filles. Mais avec la petite Shehaan, c'était tellement simple : enceinte de son oncle… tellement plus simple. Alors il l'avait aidée. Elle avait dû revenir en consultation. Elle avait été docile, mais elle fuguait et devenait moins ponctuelle. Cela faisait des semaines qu'elle se dérobait. Depuis qu'elle s'était entichée de ce petit connard qui n'avait pas attendu bien longtemps pour lever la main sur elle. C'est pourquoi il n'y avait pas cru quand il était parti de chez Lebel ; c'était trop beau !

À quelques mètres seulement du débouché de la piste forestière, il avait distingué une forme fantomatique déambuler sur le bord de la route. Il avait ralenti et dans la lumière des phares, il avait reconnu le visage de Naomi. Elle saignait. Sur le moment, il n'avait pensé qu'à la conduire à l'hôpital où il s'apprêtait à prendre sa garde, mais elle avait refusé de monter. Elle avait l'air hystérique. Elle l'avait insulté et menacé. Pour la première fois, il avait été pris de peur et de fureur. Il avait réussi à attraper son bras et l'avait tirée brutalement dans la voiture. Sa tête avait heurté violemment le montant de l'habitacle. À moitié assommée, il en avait profité pour fermer la portière. Il avait ouvert le manteau de Naomi et soulevé son pull. Il avait regardé l'heure. Il avait le temps.

Il avait reculé et s'était engagé dans la lisière, à l'abri des regards dans la nuit noire. Elle était encore à demi évanouie. Il l'avait violée. Il était tellement excité par la situation qu'il avait tenté de récidiver, mais elle s'était réveillée. Elle avait commencé à se débattre. Elle avait hurlé quand les phares d'une voiture avaient illuminé la piste menant chez Lebel. Il avait pesté ; ce con avait dit qu'il ne bougerait pas de la nuit. Alors il avait asséné plusieurs coups de poing à la fille pour qu'elle se taise. Quand la voiture fut partie, il avait allumé son téléphone pour voir le visage de la « putain indienne ». Elle était trop amochée. Il aurait risqué gros en la laissant s'en sortir. Puisque Lebel était parti, il allait pouvoir s'amuser à la pister : la chasse à la squaw ! Il connaissait ces bois par cœur. Pas elle. La terre de ses ancêtres, quelle sinistre blague ! Il l'avait laissée descendre et faire quelques mètres avant de sortir du véhicule à son tour. Il avait maintenu une distance raisonnable entre eux pour lui laisser croire qu'elle pourrait s'en sortir. Tout en la rabattant en bordure du lac, il avait jubilé. Il avait aimé ça.

Dès que la lueur de l'étendue blanche avait brillé à travers les arbres, il avait accéléré et l'avait plaquée à terre. Il avait cogné sa tête avec ses poings et avait fracassé son corps avec ses pieds. Lorsqu'elle avait craché un jet de sang, il avait su qu'il venait de lui perforer les poumons. Il l'avait tirée en bordure du lac et avait regardé tomber la neige. Dans quelques minutes, elle allait s'étouffer avec son propre sang. D'ici le matin, elle serait entièrement ensevelie. Le froid durcirait la neige qui se déposerait encore et encore, emprisonnant le corps dans des strates glaciales. Elle finirait par être découverte après de longs mois et c'est lui qui ferait l'autopsie…

Harvey était presque parvenu au milieu du lac.

« Retourne-toi ! », s'écria Peter.

Le docteur ramena son bras près de son corps, la main prête à saisir le pistolet.

*

Robertson avait fait son rapport à Roy, qui envoya des patrouilles sillonner la ville et filtrer les sorties. Il contacta également Stanley Gariepy afin de passer la réserve au peigne fin tandis que Robertson tenterait sa chance chez Peter, mais sans grand espoir sauf si ce dernier tentait une action désespérée comme le pensait Nathan après l'avoir vu partir de l'hôpital.

Lorsqu'il arriva au bout de la piste, il trouva la voiture de Harvey garée près du tipi. Les portières étaient ouvertes. Les traces dans la neige indiquèrent à Robertson que deux hommes s'étaient dirigés vers le lac. Il comprit que Peter voulait venger Naomi à l'endroit où elle avait trouvé la mort. Il courut aussi vite que possible.

Au moment où la blancheur du lac l'éblouit, une détonation stoppa sa course.

60

Sous la lumière lunaire qui donnait à la neige un éclat aveuglant, Robertson assista à un spectacle dont il se souviendrait toute sa vie. Très souvent, la nuit, il s'interrogerait sur son origine surnaturelle.

Au milieu du lac se détachait une forme noire pointant une arme de poing vers un corps gisant un peu plus loin. La silhouette était trop mince et petite pour être celle de Peter. Robertson comprit aussitôt qu'Harvey avait réussi à duper celui dont la haine, le désespoir et l'expérience de la chasse auraient dû lui assurer la victoire. À cette distance, le policier n'était pas certain d'atteindre Harvey. Il risquait tout simplement de se faire abattre comme Peter et de laisser le champ libre à un criminel fugitif et psychotique.

*

Terrassé, Peter sentait son sang chaud se répandre sur son ventre tandis qu'un côté entier de son visage brûlait au contact de la neige. Ses yeux suivirent l'ombre de son bras puis filèrent le long de son poignet, de sa main et de ses doigts. Dans leur prolongement, son fusil n'était qu'à quelques centimètres. Un effort pour le saisir, un autre pour se redresser malgré la douleur et un dernier pour tuer juste avant de mourir.

Ce dernier sursaut, il le devait à Naomi, mais son œil se tourna dans la direction où son oreille lui indiquait un bruit de pas s'enfonçant dans la neige. Harvey s'approchait. Il allait l'abattre sans lui laisser la chance d'opérer ce geste ultime.

Imperturbable, « le bon docteur » réduisait la distance avec sa proie. Il ne devait pas la louper. Il voulait voir éclater la tête de l'animal. Il souriait en pensant qu'il aurait le temps de fuir, de vider son compte et de se perdre dans le Grand Nord. Il rebâtirait une vie au milieu d'autres animaux. Il recommencerait dans des zones où se regroupent ceux qui ne vous demandent jamais votre identité pour éviter d'avoir à décliner la leur. Dans ces lieux perdus où règnent la prédation et la loi du plus fort. Il rejouerait la partition du bon et indispensable docteur.

Il arma son pistolet. Il aligna le canon sur la tête de Shehaan. Son doigt s'apprêtait à appuyer sur la détente quand son cœur bondit dans sa poitrine et que son bras dévia instinctivement l'arme en direction de la lisière du bois.

*

Depuis des heures, il contemplait le milieu du lac. Il savait qu'ils viendraient. Il les avait vus avancer et avait entendu un bruit bien plus terrifiant que le tonnerre, comme la nuit où il avait perdu son troupeau qui s'était éclaté, paniqué par les déflagrations des pétards du Nouvel An. Isolé, le jeune mâle caribou avait pris le risque de chercher des lichens sur les troncs proches de la cabane de chasse. Il avait erré dans la forêt et avait été intrigué par des bruits étouffés de coups. Il avait senti la peur, le sang et la détresse d'une âme tourmentée. Le véhicule était parti et avait empuanti l'air. Il avait suivi le sang que l'âme répandait derrière elle. Elle avait pu se redresser. Elle soufflait et gémissait. Puis elle s'était affalée. À quatre pattes, elle avait continué à se traîner sur le lac. À bout de forces, elle s'était effondrée, attendant que la mort la délivre et que la neige l'ensevelisse. Le caribou avait senti l'âme s'apaiser à l'approche de la délivrance de sa vie de torture terrestre. Il s'était avancé pour l'accompagner dans ce passage. Elle avait mal, mais plus pour longtemps. Alors il avait frotté ses cors contre sa joue.

Mais il avait entendu le claquement sec et métallique d'un fusil. Il avait reculé. Un autre humain était là. Dans un dernier élan pour s'accrocher à cette vie qui la faisait pourtant tant souffrir, elle avait tenté de s'agripper à ses bottes. Le caribou avait regardé l'homme. Son visage s'était gravé dans son œil sombre. Il avait baissé son fusil et s'était penché sur le corps avant de repartir. Alors, le caribou était revenu près de l'âme. Le froid engourdissait son esprit et ses blessures. Le corps était pratiquement enseveli quand l'âme était parvenue à s'en libérer.

Depuis, il était souvent revenu près du lac, là où l'homme habitait et où, en cet instant, il flairait d'autres âmes torturées ; l'une d'elles pouvait encore retrouver le repos dans le sacrifice. Quant à l'autre, elle était définitivement perdue. Il le sentait. Alors lorsqu'il entendit le cliquetis du pistolet, il bondit de la lisière et se rua sur l'âme perdue.

*

Surpris, Harvey pointa instinctivement son arme en direction du caribou et tira. Peter ne voyait pas ce qu'il se passait, mais comprit qu'il n'aurait pas de deuxième chance. Malgré la douleur qui lui déchira les entrailles, il projeta le bras et s'empara de son fusil.

C'est alors qu'il vit l'animal fondre sur Harvey, qui tentait maladroitement de viser de nouveau. Peter concentra ce qui lui restait de vie dans l'alignement de son fusil. Une détonation déchira l'air glacial. Le caribou s'arrêta lorsque le corps d'Harvey s'effondra. Alors que Peter lâchait son fusil et s'écroulait dans la neige, l'animal sentit son âme s'apaiser.

Robertson accourut. Lorsqu'il arriva près du corps de Peter, le caribou avait disparu. Il s'empressa d'appuyer sur la blessure pour tenter de contenir l'hémorragie. De l'autre main, il attrapa celle du mourant pour la poser près de la sienne.

« Peter ! Écoutez-moi. Essayez d'appuyer avec moi le temps que j'appelle les secours. »

De sa main libre, Robertson s'empara de son téléphone et fit défiler la liste des numéros avec son pouce. Mais la main ensanglantée de Peter tenta de l'en empêcher.

« Non. Pas de secours.

– Peter. Je sais et j'ai vu ce qui s'est passé. Le coupable, c'est Harvey, s'affola Logan. Ne vous inquiétez pas. Le coupable c'est Harvey.

– Non, on est tous coupables, murmura Peter à bout de souffle. Ma violence, la haine de Harvey, la lâcheté de Lebel et l'indifférence de tous les autres. On a tous tué Naomi. »

Robertson laissa retomber son téléphone. À ce moment, il sentit la main de Peter pousser celle qui tentait de contenir le flot sanglant. Il ne résista pas, il laissa la vie s'écouler du corps de Peter, qui lui sourit.

« Laissez-moi partir. Je suis si fatigué. Promettez-moi de ne rien dire à ma fille. »

ÉPILOGUE

Un an après le réveillon qui avait coûté la vie à Naomi, ce ne fut pas une fête saluant la venue d'une nouvelle année qui anima les habitants de la réserve de Meshkanau, mais les funérailles de Peter et Michèle Shehaan. Elle avait décidé de rejoindre son petit frère dans la mort quelques heures après que Stanley Gariepy lui avait annoncé la terrible nouvelle. Leurs morts furent leurs guérisons ; la délivrance d'une longue maladie incurable.

Marie avait appelé Axelle pour qu'elle annonce à Alice le décès de son père. Puis Robertson était venu décrire les circonstances et le sacrifice de cet homme, plongeant ainsi Alice dans une insondable perplexité. Nathan s'était lancé dans une pompeuse justification philosophique. Mais ce fut Axelle qui énonça très simplement ce que l'esprit d'Alice n'arrivait pas à démêler.

« Tu es la fille de la souffrance et de la rédemption. Malgré tout ce que tu entendras, ton père a réussi à redevenir ce qu'il était au tout début de sa vie : un homme bien. »

La veille de l'enterrement, Thomas Lebel avait quitté définitivement la région en attendant son procès pour non-assistance à personne en danger tandis que le chef Roy avait posé officiellement sa démission. Lui-même savait qu'il n'échapperait pas aux tribunaux. Il espérait simplement pouvoir partir de Pointe-Cartier avant que toutes les affaires le concernant ne s'étalent publiquement.

À la fin du repas donné après les funérailles, Nathan et Alice dirent au revoir aux habitants de la réserve, mais également à ceux de Pointe-Cartier venus très nombreux honorer la mémoire de toutes les victimes récentes et passées, directes et indirectes, de l'assassinat de Naomi Shehaan.

« Alors, tu n'as pas changé d'avis. Tu restes ? demanda Alice à sa mère.

– Ma vie est ici. Robertson a décidé de ne pas demander sa mutation. Il va m'aider à réparer les torts des autres. Je crois qu'on a un devoir de mémoire et d'avenir. Mais toi, tu reviendras ?

– Oui. On reviendra », fit Alice en regardant Nathan.

*

Le vieil Innu venait d'apercevoir le jeune mâle caribou jeter un dernier regard sur cette région à l'agonie dans laquelle son troupeau famélique ne reviendrait plus, car seuls le feu, l'air empoisonné et la faim les attendaient désormais dans cette dernière marche avant la toundra.

L'ancien avança jusqu'à la salle communautaire, mais n'entra pas. Il observa tristement ces deux communautés humaines réunies autour d'une table de fête, car il savait que c'était trop tard. Il les avait pourtant mis en garde : « La nature ne nous réunira pas autour d'une table, mais bientôt, elle nous mettra tous d'accord en nous mettant tous à genoux. »

En contemplant ces hommes de nouveau heureux et réconciliés, le vieil Innu savait que, malgré l'allégresse, il assistait au dernier festin des vaincus.

COLLECTION
LE TOURBILLON DES MOTS

Arthur Caché	*Une bonne raison de mourir*
Xavier Massé	*La Route du lac*
M. Collet & I. Villain	*In vino veritas*
Christophe Royer	*Néréides*
Gérard Saryan	*Sur un arbre perché*
Estelle Tharreau	*Il était une fois la guerre*
Magali Collet	*Comme une image*
Sacha Erbel	*La mort est parfois préférable*
David Ruiz Martin	*Requiem des ombres*
Christophe Royer	*La Quatrième feuille*
Xavier Massé	*30 secondes*
Isabelle Villain	*De l'or et des larmes*
Magali Collet	*Les Yeux d'Iris*
Estelle Tharreau	*Les Eaux noires*
Christian Guillerme	*Transaction*
David Ruiz Martin	*Seule la haine*
Noël Boudou	*Et pour le pire*
Christophe Royer	*Une Arête dans la gorge*
Isabelle Villain	*À pas de loup*
Xavier Massé	*Némésis*
Estelle Tharreau	*La Peine du bourreau*
Mehdy Brunet	*Goliat*
Christian Guillerme	*Urbex Sed Lex*
Magali Collet	*La Cave aux poupées*
Tito Desforges	*La Machine à brouillard*
Isabelle Villain	*Blessures invisibles*
Noël Boudou	*Benzos*
Christophe Royer	*Lésions intimes*
Xavier Massé	*L'Inconnue de l'équation*
Gaëlle Perrin-Guillet	*Haut le chœur*
Estelle Tharreau	*Mon ombre assassine*

Isabelle Villain	*Mauvais genre*
Éric Oliva	*Le Vase rose*
Mehdy Brunet	*Le Fruit de ma colère*
Estelle Tharreau	*De la terre dans la bouche*
Estelle Tharreau	*L'Impasse*
Estelle Tharreau	*Orages*
Florent Marotta	*Le Visage de Satan*
Mehdy Brunet	*Sans raison*
Éric Lange	*Le Sauveteur de touristes*
Noémi Krynen	*Sang blanc*
Franck Villemaud	*Palissade*
Christian Laurella	*Sortie noire*
Jean-Baptiste Dethieux	*Renaissance*

COLLECTION
L'OMBRE DES MOTS

Jean-Marc Dhainaut	*Psylence*
Jean-Marc Dhainaut	*Brocélia*
Jean-Marc Dhainaut	*L'Œil du chaos*
Jean-Marc Dhainaut	*Les Couloirs démoniaques*
Jean-Marc Dhainaut	*Les Galeries hurlantes*
Jean-Marc Dhainaut	*Les Prières de sang*
Jean-Marc Dhainaut	*La Maison bleu horizon*

Cet ouvrage a été imprimé par

Novoprint

Achevé d'imprimer en octobre 2023

Taurnada Éditions
38, chemin du Candéou
06530 Peymeinade

www.taurnada.fr

Dépôt légal : novembre 2023
ISBN : 978-2-37258-125-7

Imprimé en Espagne